UNIVERSITÉ DE FRANCE.

ACADÉMIE DE DIJON.

FACULTÉ DES LETTRES.

Thèse de Littérature.

THÈSE DE LITTÉRATURE.

DES MŒURS

DANS LA TRAGÉDIE GRECQUE,

PAR

ED.-J.-B. MEUSY,

LICENCIÉ ÈS-LETTRES, PROFESSEUR A L'ACADÉMIE DE BESANÇON.

A BESANÇON,

IMPRIMERIE DE L. LAMBERT ET COMP[e].

1838.

DES MOEURS

DANS

LA TRAGÉDIE GRECQUE.

J'APPELLE *mœurs*, dit Aristote, ce par quoi nous disons que ceux qui agissent ont un caractère : Τὰ δὲ ἤθη καθ' ἃ ποίους εἶναι φαμὲν τοὺς πράττοντας. Poetic. Ch. VI, § 5.

Les mœurs sont ce qui montre quel est le dessein de celui qui agit. Εστι δὲ ἦθος μὲν τὸ τοιοῦτον, ὁ δήλοι τὴν προαίρεσιν, ὁποία τις ἐστίν. Ch. XIV, § 1.

Il y a des mœurs dans un poëme, lorsque le discours ou la manière d'agir d'un personnage manifeste son dessein. Elles sont bonnes, lorsque le dessein est bon ; mauvaises, lorsqu'il est mauvais. Εξει δὲ ἦθος μὲν, ἐὰν, ὥσπερ ἐλέχθη, ποιῇ φανέραν ὁ λόγος ἢ ἡ πρᾶξις προαίρεσιν τινα, φαῦλον μὲν, ἐὰν φαύλην, χρηστὸν δὲ, ἐὰν χρηστὴν.

Il résulte de ces définitions, que ce qui constitue les mœurs, c'est le dessein (προαίρεσις) qui se manifeste dans les actions et les discours des personnages. Chaque personnage tragique doit donc s'être proposé un but, et agir conformément à une idée. C'est à ce titre seul qu'il aura des mœurs, qu'il sera un vrai personnage, en un mot qu'il aura un caractère. La passion, quelque énergique et violente qu'elle soit, n'est point le caractère sans la pensée (1) qui lui montre son but et qui la caractérise elle-même.

Après avoir ainsi défini les mœurs, Aristote pose pour première règle qu'elles doivent être bonnes, χρηστά. Ainsi non-seulement les personnages doivent se proposer un but, mais ce but doit être conforme à l'idée du bien.

Pour comprendre le véritable sens, la portée, et les limites de ce précepte, il faut le mettre en rapport avec la définition qu'Aristote donne de la tragédie, et avec d'autres passages qui montrent comment il faut entendre cette bonté des mœurs dans les personnages tragiques. Aristote définit, comme on sait, la tragédie, « la représentation » d'une action grave, etc., dont l'effet doit être d'exciter » la terreur et la pitié, pour épurer ces deux passions : »
Ch. vi, § 2. Ἔστιν οὖν τραγῳδία μίμησις πράξεως σπουδαίας, κτλ., καὶ οὐ δι' ἐπαγγελίας, ἀλλὰ δι' ἐλέου καὶ φόβου περαίνουσα τὴν τῶν τοιούτων παθημάτων κάθαρσιν.

Nous ne nous arrêterons pas à discuter le sens de ces dernières paroles, qui ont tant exercé la critique et à bon droit, puisqu'elles contiennent en germe toute une théorie de l'art dans son rapport avec la morale; mais, sans

(1) On ne doit pas confondre ce que nous entendons ici par pensée, avec la pensée, διάνοια, qu'Aristote place au troisième rang parmi les parties constitutives de la tragédie. Il entend par ce mot l'ensemble des idées qu'exprime le discours dans les diverses situations où se trouvent les personnes.

sortir de la Poétique, et en rapprochant cette définition de la règle qui prescrit la bonté des mœurs, il est facile de les expliquer l'une par l'autre.

D'abord, pour que la tragédie nous fasse éprouver la terreur et la pitié, il faut que les personnages qu'elle met en scène nous ressemblent, qu'ils soient de la même nature que nous. La terreur, dit très bien Aristote, est produite par la vue d'un être semblable à nous, φόβος δὲ περί τὸν ὅμοιον. Et il en est de même de la pitié. Or ce qui constitue l'essence, le fonds de la nature humaine, c'est la pensée. Les personnages que représente la tragédie n'excitent donc véritablement notre intérêt, qu'autant qu'une pensée se fait jour à travers les passions qui les animent, et apparaît au milieu de leurs infortunes, de leurs souffrances, et des vicissitudes de leur destinée. On conçoit maintenant comment le *dessein* forme la base des mœurs et du caractère. D'un autre côté, si la tragédie doit épurer les passions qu'elle a pour effet d'exciter, elle ne peut le faire qu'à la condition de leur enlever ce qu'elles ont de vulgaire, d'impur et de grossier. Or, ce qui purifie et ennoblit les passions, c'est encore la pensée, lorsque son but est noble, élevé, lorsqu'elle a pour objet un de ces principes éternels sur lesquels repose l'ordre moral. Pour produire l'effet qui lui est propre et atteindre son véritable but, la tragédie devra donc représenter des personnages dont le caractère soit relevé et ennobli par une idée supérieure aux passions et aux intérêts vulgaires, par un motif qui soit en harmonie avec la vérité morale. Les mœurs doivent donc être *bonnes*.

Ch. XII, § 2.

Mais cette bonté ne doit pas être absolue. Car alors non-seulement la tragédie manquerait son effet, mais elle ne serait même pas possible. L'action tragique résulte d'une lutte entre des personnages agissant d'après des principes contraires. Si ces principes étaient retenus dans les limites de la justice et de la vérité, ils ne se combattraient pas. L'ordre et la paix régneraient sur la scène, c'est-à-dire qu'il n'y aurait point de tragédie. Le drame n'existerait pas.

En outre, si les personnages ne doivent pas être au-dessous, ils ne doivent pas être au-dessus de la condition humaine, car alors ils ne seraient pas nos semblables. Or la terreur et la pitié ne sont excitées que par un être semblable à nous, περὶ τὸν ὁμοιόν. Ils devront donc allier à la grandeur humaine la faiblesse et les misères de notre nature.

Selon Aristote, la tragédie est l'imitation de ce qui fait le bonheur et le malheur des hommes; et le bonheur

Ch. vi, § 7. de l'homme est dans l'action. Η τραγῳδία μιμησὶς ἐστὶν οὐχ ἀνθρώπων, ἀλλὰ πραξέως καὶ βίου. Η γὰρ εὐδαιμονία ἐν πραξει. Elle représente par conséquent le drame de la vie humaine en l'idéalisant. La tragédie est l'imitation du meilleur.

En outre, sa fin est non d'enseigner la vertu, mais de purifier les passions qu'elle excite, c'est-à-dire, de dégager l'âme de toute pensée vulgaire, et de la prédisposer aux sentimens nobles, aux résolutions généreuses, par la sainte harmonie qui unit la morale et l'art. Pour cela Aristote veut que les moeurs soient bonnes, mais il n'exige pas que les personnages soient des modèles de sagesse et de vertu.

Voici comment il s'explique lui-même sur cette bonté relative des mœurs. Ch. XII.

« Puisque la tragédie doit être l'imitation du terrible et » du *pitoyable*, il s'ensuit d'abord qu'elle ne doit point » présenter des personnages vertueux, qui d'heureux de- » viendraient malheureux ; car cela ne serait ni pitoyable » ni terrible, mais odieux : ni des personnages méchans » qui de malheureux deviendraient heureux ; car c'est ce » qu'il y a de moins tragique. Cela n'a même rien de ce » qui doit être dans une tragédie : il n'y a ni pitié, ni ter- » reur, ni exemple pour l'humanité. Ce ne sera pas non » plus un homme très méchant qui d'heureux deviendrait » malheureux ; il pourrait y avoir un exemple, mais il n'y » aurait ni pitié ni terreur. L'une a pour objet celui qui » ne mérite pas ; l'autre, notre semblable qui souffre.

» Il reste donc un milieu à prendre : c'est que le per- » sonnage ne soit ni trop vertueux ni trop juste, et qu'il » tombe dans le malheur, *non par un crime atroce ou* » *quelque méchanceté noire*, mais par quelque faute ou » erreur humaine, qui le précipite du faîte des grandeurs Ch. VII. » et de la prospérité, comme OEdipe, Thyeste, et les au- » tres personnages célèbres de familles semblables. »

L'étude à laquelle nous allons nous livrer sur la bonté des mœurs dans les trois poètes qui représentent la tragédie grecque, ne sera que le commentaire de ces belles paroles.

Enfin il est évident que cette règle sur la bonté des mœurs doit s'accorder avec les règles suivantes, et par conséquent être restreinte et modifiée par elles. Ainsi elle

Ch. xiv, § 2, 3, 4. devra se concilier avec la *convenance*, τὸ ἁρμόττον, et avec la *ressemblance*, τὸ ὅμοιον. Elle devra s'adjoindre la *constance*, τὸ ὁμαλὸν, enfin se plier aux exigences du *néces-*
§ 6. *saire* et du *vraisemblable*, τὸ ἀναγκαῖον καὶ τὸ εἰκός. Néanmoins toutes ces conditions, réunies ou séparées, peuvent bien la limiter mais non la détruire. Ainsi la bonté des mœurs doit passer par les degrés et subir les différences que suppose la diversité même des personnages du drame. Autrement la *convenance* n'existerait pas. Mais aucun rôle n'exclut la moralité.

Les mœurs, pour être *ressemblantes*, devront reproduire le caractère traditionnel ou historique du personnage. Mais il n'est pas défendu au poète de l'améliorer : c'est
Ch. xiv, § 8. au contraire son devoir. « La tragédie étant l'imitation du » *meilleur*, les poètes doivent suivre la pratique des bons » peintres, qui font les portraits ressemblans, et toutefois » plus beaux que les modèles. Lors donc qu'un poète aura » à peindre des hommes ou trop ardents ou trop timides, » ou d'autres mœurs pareilles, loin de charger le défaut, » il le rapprochera de la vertu, comme Homère et Agathon » ont fait leur Achille. »

Pour ce qui est de la constance, elle se concilie si bien avec la bonté, qu'elle en dérive comme la conséquence nécessaire.

« Si le personnage imité a pour caractère l'inégalité, » en traitant ce caractère, on le fera également inégal. »
Ch. xiv, § iv. Ὅμως ὁμαλῶς ἀνώμαλον δεῖ εἶναι.

Néanmoins cette inégalité ne devra pas être poussée trop loin, car elle serait l'absence même du caractère. Elle engendreroit le mépris ou le ridicule. Dans le premier cas, elle devrait être bannie de la scène ; dans le second, il faudrait la renvoyer à la comédie.

En ce qui touche spécialement la bonté des mœurs, l'inégalité ne peut pas autoriser le passage de la bonté à la perversité. Il y auroit alors non-seulement inconstance, mais contradiction.

« Enfin, dit Aristote, le poète devra toujours avoir de-
» vant les yeux, dans la peinture des mœurs ainsi que dans
» la composition de la fable, le nécessaire ou le vraisembla-
» ble. Il devra se dire à tout moment à lui-même : Est-il
» nécessaire, est-il vraisemblable que tel personnage parle
» ou agisse ainsi ? » Mais il ne devra pas non plus, et à plus Ch. XIV, § 6.
forte raison, perdre de vue le but de la tragédie, qui est de produire la terreur et la pitié, en épurant ces deux passions. Or le nécessaire ne peut toujours être qu'un moyen accessoire pour préparer ou produire l'effet tragique de la pièce. Si donc la perversité détruit cette impression ou change sa nature, elle ne pourra jamais être nécessaire. Si le poète se voit forcé à la représenter, ce sera un vice dans la composition de la pièce.

Le même raisonnement s'applique au vraisemblable.

Nous allons maintenant appliquer à la tragédie grecque la règle d'Aristote avec les restrictions qu'elle entraîne. C'est le moyen de vérifier si elle est vraie, d'en pénétrer l'esprit, et en même temps d'apprécier sous ce point de vue les mérites et les défauts des trois poètes dont le génie a dû s'y soumettre.

ESCHYLE.

On serait disposé à croire qu'Eschyle, dont le génie, profondément pénétré des anciennes traditions, se plaît à représenter la lutte des puissances mythologiques se disputant l'empire du monde à son origine, et à mettre en scène les passions violentes et énergiques des temps héroïques de la Grèce, s'est peu inquiété de donner à ses personnages des mœurs telles que les conçoit et les prescrit le législateur de l'art tragique.

Un examen attentif nous fera voir que le père de la tragédie était au contraire inspiré de l'idée qui plus tard a servi de base au précepte d'Aristote.

Chacune de ces pièces en effet non-seulement renferme un haut enseignement moral; mais les caractères qui s'y dessinent avec tant de hardiesse et d'énergie, sont relevés, ennoblis par les sentimens et les pensées que le poète donne à ses personnages.

Les plus grands crimes, les plus épouvantables forfaits n'y ont jamais pour principe la perversité humaine, mais quelque motif bon et vrai en lui-même qui leur sert de justification ou d'excuse.

Agamemnon. Dans *Agamemnon*, Clytemnestre n'est certainement pas un modèle de vertu conjugale. Jamais la dissimulation et l'audace dans une femme criminelle n'ont été représentées sous des traits plus énergiques et plus terribles. Néanmoins il ne serait pas juste de dire que les passions qui l'animent à la vengeance et au meurtre décèlent un caractère cruel et méchant, ou même le désir de servir de coupables amours (1). Sa haine pour son époux a son principe dans un outrage fait à l'amour maternel, μῆνις τεκνοποινός, et dans la violation du devoir conjugal, c'est-à-dire dans les deux sentimens qui sont la femme toute entière, qui constituent sa grandeur et sa dignité.

Entendez-la se justifier elle-même.

« Vous me condamnez à l'exil, à la haine des Argiens,
» aux imprécations du peuple ! A quoi devez-vous con-
» damner celui qui, regardant sa propre fille, le fruit
» chéri de mon amour, comme une victime prise au ha-
» sard parmi de nombreux troupeaux dans un gras pâ-
» turage, l'immola pour calmer les vents de la Thrace ?

» Entendez mon serment : J'en jure par la vengeance
» de ma fille; j'en jure par l'enfer et les furies à qui j'ai
» sacrifié ce barbare, jamais je ne marcherai dans le sen-
» tier de la crainte, tant que l'astre qui brille dans mon
» palais, tant qu'Egisthe ne cessera point de m'aimer. Le
» voilà cet auteur de mes larmes qui sous Ilion brûla pour
» Chryséis; le voilà, couché dans la poussière avec la cap-
» tive, la prophétesse inspirée des dieux, la tendre amante
» qui partageait son lit dans son vaisseau sous les yeux
» des matelots. Que tous deux sont bien traités comme
» ils le méritent ! » v. 1421 et suiv. (2)

(1) Il n'est presque pas parlé de son amour pour Egisthe.

(2) Trad. de Laporte Dutheil.

C'est donc justement qu'elle s'est vengée; aussi elle ne s'excuse pas, elle *se glorifie.* « Enfin le jour est venu où » je l'attendais; tout était prêt, je ne le nie point : il n'a » pu fuir ni se défendre. Deux fois je l'ai frappé. Voilà » ce que j'ai fait. Soyez-en, ou non, satisfaits, vieil- » lards, je m'en glorifie. » (1387.)

Et ailleurs :

« En effet, s'il a traité le fruit de notre hymen, la dé- » plorable Iphigénie, comme elle ne le méritait pas, il est » traité lui comme il le mérite, lui qui ordonna aux prê- » tres de porter avec effort sur l'autel sa fille, comme » une victime la tête pendante (1). » v. 240.

Quand le chœur lui demande si elle osera ensevelir celui qu'elle a assassiné, elle répond avec audace et ironie :

« Nous l'avons immolé, nous l'ensevelirons. Si les lar- » mes des siens ne l'accompagnent pas au tombeau, sa » fille Iphigénie viendra recevoir, comme elle doit, son » tendre père, et l'embrasser au passage du fleuve rapide » des douleurs. » (v. 1561.)

C'est toujours le souvenir de sa fille présent à sa pensée.

D'un autre côté, tout en faisant éclater son indignation contre cette femme audacieuse et impie qui ose ainsi chanter son triomphe, le chœur semble l'absoudre en reje-

(1) En ranimant le souvenir du sacrifice d'Iphigénie, Eschyle a su tempérer le sentiment trop douloureux que laisserait le meurtre d'Agamemnon. Dès-lors ce roi n'est plus innocent. Un premier forfait retombe sur sa tête, et suivant d'antiques traditions religieuses, la malédiction divine pèse sur sa maison. (SCHLEGEL, tom. 1er, Littérat. dram.

tant le crime sur le fatal démon attaché au palais de Tantale, le terrible génie de cette race infortunée, et enfin sur la volonté du tout-puissant Jupiter, la cause de tous ces malheurs.

Au commencement de la pièce, Clytemnestre, dans l'accueil perfide et hypocrite qu'elle fait à son époux, montre une profonde dissimulation. Mais on voit qu'elle est obligée de faire violence à son caractère, et la vérité perce et se fait jour à travers ses mensonges et ses hyperboles accumulées qu'on pourrait prendre pour autant d'amères ironies.

« Hélas, s'il eût reçu autant de blessures que la
» renommée nous le racontait, son corps eût été plus
» percé qu'un filet. S'il fût mort aussi souvent qu'on l'a
» publié, il eût pu se vanter, nouveau Géryon aux trois
» corps, d'avoir eu plus d'une triple cuirasse à revêtir
» avant de descendre aux enfers.

» Combien de fois des mains étrangères n'ont-elles pas
» malgré moi brisé l'instrument de ma mort?

» M'endormais-je? le bruit des aîles d'un insecte trou-
» blait mon sommeil.... Mais aujourd'hui toutes ces
» peines sont oubliées. Cet époux est pour moi ce qu'est
» à un troupeau le chien fidèle, à un vaisseau le cable qui
» l'assure, à un palais élevé la colonne qui l'affermit, à
» un père son fils unique, à des marins la vue inespérée
» de la terre, à l'hiver l'apparition d'un beau jour, à
» un voyageur altéré la source d'une eau pure. » (v. 875 et suiv.)

Agamemnon lui-même s'aperçoit de l'affectation de ces

paroles : « Fille de Léda, gardienne de ma maison, vous » avez mesuré votre discours à mon absence. » (v. 923.)

Si Eschyle a rendu le caractère de Clytemnestre digne du théâtre, en ayant soin de faire disparaître ce qu'il y avait de trop odieux dans son crime, par les motifs qui l'ont déterminé (1), il n'a pas moins fait pour son complice. La haine mortelle d'Egisthe, du fils de Thyeste contre le fils d'Atrée, ne paraît pas moins naturelle, ni fondée sur des causes moins légitimes.

« Troisième fils d'un père malheureux, je me vis dès » mon berceau exilé avec lui, nourri pour le venger. La » justice m'a ramené. » (v. 1614 et suiv.)

Quoique le poète soit parvenu à exciter l'intérêt à un certain degré pour les auteurs du meurtre d'Agamemnon, le crime n'en sera pas moins puni, et à peine cette vengeance est-elle consommée, qu'une autre est annoncée comme son châtiment et son expiation.

« L'ombre de Thyeste lui-même en frémira. »

Cette tragédie est ainsi rattachée à la suivante par la prédiction de Cassandre qui répand une si religieuse terreur sur toute la pièce.

Coéphores.

Il n'est pas besoin de montrer que dans les *Coéphores* les deux personnages dont les caractères et les actions pourraient produire une impression révoltante sur l'âme du spectateur, Oreste et Electre, sont justifiés par le but qu'ils veulent atteindre, la vengeance d'un père, et par

(1) Si Clytemnestre tuait Agamemnon seulement par amour pour Egisthe, il faudrait tout l'art des modernes pour la rendre supportable sur la scène. (V. les tragédies d'Alfieri et de Lemercier.)

a volonté suprême dont ils accomplissent les ordres. Oreste obéit à l'oracle du puissant Apollon qui lui a commandé de tout hasarder, et dont *la voix tonne encore dans son cœur palpitant, et lui annonce d'effroyables malheurs,* s'il ne poursuit les assassins de son père (v. 269).

Oreste est donc un instrument de la justice des dieux; mais il a aussi le sentiment énergique et éclairé de la bonté de sa cause, et de la puissance des motifs légitimes mais humains auxquels il doit obéir. « Tous les motifs sont » ici réunis : l'ordre du ciel, et la mort déplorable de mon » père, et la misère qui me presse, et la honte de voir les » citoyens courageux et célèbres qui détruisirent Ilion, » asservis à deux femmes. » (v. 297.)

Le caractère d'Électre, outre son énergie et sa hardiesse, a bien quelque chose de dur et d'impitoyable, qui s'explique dans la fille de Clytemnestre par les mauvais traitemens qu'elle a éprouvés depuis la mort de son père. « Et moi, accablée de mépris et d'indignités, écartée du » palais comme un animal dangereux, étrangère à la joie, » ne connaissant que mes soupirs et mes larmes, etc. » (v. 445 et suiv.)

Mais Eschyle a eu raison de ne pas trop insister sur ce motif inférieur, et de ne pas étouffer sous le ressentiment des maux soufferts la voix de la nature : comme son frère, elle se sent à la fois animée par le sentiment de la justice, et subjuguée par une force supérieure (1), ce

(1) 1. Que Clytemnestre expie son crime, c'est une justice; mais qu'Oreste l'immole, c'est une atrocité. Mais Oreste n'est que l'instrument de la fatalité et c'est ce qui diminue l'atrocité de son action. — 2. En outre, la pièce fait

qu'elle exprime par ces paroles presque dithyrambiques qui ont été attribuées au chœur :

« Jupiter, Jupiter, fais donc sortir enfin des enfers la » punition due aux coupables et parricides mortels. C'est » ma mère, ah ! je le sais, mais pourquoi me contraindre? » Le dieu de la vengeance vole autour de moi ; et toi, ô » mon père, viens te joindre à tes enfans. Je t'appelle en » pleurant, et tout ce qui est ici se réunit à moi. » (v. 379.)

On pourrait peut-être reprocher à Eschyle de n'avoir pas réveillé dans le cœur de Clytemnestre le sentiment maternel, lorsqu'on vient annoncer à celle-ci la mort de son fils. En effet elle ne témoigne pas la moindre émotion. Cependant elle ne fait pas non plus éclater (comme dans Sophocle) la joie de se voir délivrée d'un ennemi qui devait venger sur une mère coupable le meurtre d'un père, elle répond au moins avec dignité. (v. 705.)

Egisthe ne paraît qu'un moment sur la scène pour y être frappé par Oreste. Les paroles qu'il prononce n'ont rien que de convenable. « Des étrangers sont arrivés ici » en annonçant, m'a-t-on dit, une nouvelle bien *affligeante*. La répandre dans le palais serait aggraver le » poids terrible qui opprime des cœurs déjà ulcérés, et » aigris par un meurtre sanglant. » (v. 859.)

Ainsi la pitié se partage entre des victimes qui commandent le respect, et les ministres d'une juste vengeance

suite à celle d'Agamemnon, et le spectateur encore frappé de l'horreur du crime désirait une vengeance et une vengeance terrible.—3. La joie, ou du moins l'insensibilité de Clytemnestre, en apprenant la mort de son fils, est loin d'exciter l'intérêt en sa faveur.

ordonnée par les dieux. Lorsque le fils vient d'immoler sa mère, le chœur dit : *Plaignons-les l'un et l'autre.* Στενῶμεν οὖν καὶ τῶνδε συμφόραν δυστύχην. Et c'est là en effet un des sentimens qu'éprouve le spectateur. Mais celui qui domine et *purifie* tous les autres, c'est la terreur religieuse. C'est elle qui s'empare de l'âme tout entière, lorsqu'après ce cri sublime, *Que ferai-je? je ne puis tuer ma mère*, Oreste sourd aux prières de Clytemnestre lui explique de sang-froid avant de la frapper l'arrêt du destin et de la justice vengeresse qui va s'exécuter par son bras.

Aussi quand tout est consommé, le chœur fait entendre ces paroles :

« La véritable fille de Jupiter a saisi le glaive mortel ;
» avec raison nous la nommons la Justice ; la divinité est
» comme forcée à ne point servir les méchans. Adorons,
» il est juste, la puissance qui règle les cieux. Enfin le
» jour a lui : Παρα τὸ φῶς ἰδεῖν. » (v. 944-961.)

Ces mots qui commencent et terminent l'épode, expriment admirablement la part que prend la raison dans la représentation tragique. Tandis que les passions sont émues, que la sensibilité tremble et compatit, la raison attend que le nuage qui obscurcissait la vérité morale, se dissipe et la laisse reparaître dans tout son éclat. Après cette longue nuit, marquée par tant de crimes, qui a enveloppé la famille de Tantale et le palais d'Argos, *le jour commence enfin à luire*. Le noir destin fait place à une providence éclairée et juste qui va mettre un terme à tous ses malheurs et rétablir l'ordre et la paix, quand tous les crimes auront été expiés, et toutes les souillures lavées.

« Bientôt le temps qui fait tout changera la face de ce » palais, quand vos expiations en auront lavé les souillu- » res. La fortune plus riante écoutera vos vœux. Les des- » tins de cette famille prendront un autre cours. Enfin » *le jour luit.* »

Mais il reste encore un crime à expier (1). Au moment où les cadavres des deux coupables sont étendus sur la scène recouverts du tissu (2) qui servit aux assassins pour surprendre et immoler Agamemnon, Oreste commence à se troubler. Le frisson, avant-coureur des furies, le saisit. Il y a là un moment d'une grande beauté morale. Le dieu qui jusqu'ici a inspiré et soutenu Oreste semble le quitter, et la puissance vengeresse dont il va devenir la proie ne s'est pas encore emparée de lui. Pendant cet intervalle où il est livré à lui-même, sa conscience est partagée. Un combat s'établit dans son âme, il doute. Il jette sur le cadavre étendu à ses pieds des regards attendris, il gémit, il pleure le crime, la punition de sa mère, et le destin de sa race.

« Fut-elle innocente ou coupable? ah! j'en crois cette » robe que le poignard d'Egisthe a teinte de sang; les » taches de la mort y sont encore empreintes. A la vue » de ce tissu perfide, tantôt je m'applaudis, tantôt je gé-

(1) Lorsque Clytemnestre tombe sous les coups de son fils, le chœur déclare qu'il ne le regarde pas comme innocent. Il ajoute que ce qui s'est fait par l'ordre des deux, ne peut être expié que par leur volonté.

(2) Ce voile semble évoquer l'ombre d'Agamemnon, et montrer la vengeance à côté du crime.

» mis sur moi-même; je pleure son crime, sa punition, » notre race entière; ma victoire est odieuse et souille » ma main. » (v. 1010.)

Cependant avant que sa raison ne s'égare, tandis qu'il se possède encore, Εως δ' ἔτ' ἔμφρων εἰμὶ, il reprend la ferme conviction de la justice du meurtre qu'il a commis, et se confie sans réserve dans la protection du dieu dont il a suivi les oracles, et qui lui fournira les moyens d'expier son crime.

« Tandis que je me possède encore, chers amis, je le » répète, ce n'est point sans justice que j'ai tué une mère » souillée du sang de mon père. Le prophète de Pythos, » je l'atteste, m'a lui-même enhardi. J'irai donc avec » cette couronne et ce rameau, j'irai dans son sanctuaire, » centre de la terre où brûle une flamme incorruptible. » C'est là que j'expierai mon récent parricide. »

Nous passons ainsi à la pièce suivante qui renferme le dénouement des deux précédentes et de la trilogie entière. Euménides.

La pièce des *Euménides* ne contient pas seulement, comme les *Coéphores*, un haut enseignement moral et par sa fable et par son dénouement; tous les rôles y sont encore empreints d'un caractère d'imposante moralité. Les furies y sont, il est vrai, souvent qualifiées de divinités *cruelles et méchantes;* mais qu'on ne s'y trompe pas, ce n'est pas ainsi qu'elles apparaissent à l'œil du spectateur. Ce sont des divinités vengeresses attachées au pas du coupable pour lui faire subir la peine qu'a méritée son crime. Elles poursuivent dans Oreste l'*impie*, le *parricide* assassin d'une mère : « Nous aimons à être justes. Quiconque

» a des mains pures n'a rien à redouter de notre cour-
» roux et vit tranquille; mais tout coupable, qui comme
» cet assassin cache des mains parricides, nous irons,
» promptes à venger les morts, lui redemander le sang
» qu'il a versé (v. 312). »

Mais c'est aussi au nom de la justice qu'Apollon se porte le défenseur de son suppliant et de son client.

Oreste lui-même est pénétré de la légitimité de sa cause et plein de confiance dans la protection du dieu dont il a exécuté les oracles, en vengeant son père. Ainsi dans ce procès si imposant qui va se plaider devant le tribunal institué et présidé par Minerve, sont en présence deux causes également justes, invoquant également les principes les plus sacrés, les lois les plus saintes de la nature et de la raison. C'est le droit opposé au droit. Le jugement sera tel qu'il satisfera à la fois la raison, la conscience morale et le sentiment religieux, de manière à rétablir la paix dans l'âme troublée du spectateur, qui se trouve *purifiée* dans les deux sentimens qu'elle n'a cessé d'éprouver pendant toute la pièce, *la terreur et la pitié.*

Quand nous avons dit que les deux causes qui sont en présence sont également justes, nous avons dû entrer dans la pensée des personnages que cette idée *justifie*, et à qui elle donne le caractère qu'ils doivent avoir, *la bonté des mœurs.* Mais dans la réalité, ces deux droits ne sont pas égaux; l'un est plus vrai, plus humain, plus conforme à la raison éclairée et perfectionnée de l'homme, en un mot plus avancé que l'autre, et c'est celui-là qui doit triompher.

Le premier, quoique reposant aussi sur un principe bon en lui-même, sur une loi inviolable de la nature, sur ce qu'il y a de plus sacré dans les rapports et les affections de la famille, est aveugle, implacable, et méconnait une idée qui est une des plus saintes conquêtes de la raison, l'idée de l'expiation. Il doit donc céder à l'autre, et, ce qui est une solution beaucoup plus heureuse, se concilier avec le principe supérieur, faire la paix avec lui, c'est-à-dire, prendre sa place légitime dans la morale et la justice nouvelle. Telle est la belle leçon qui, sans être donnée pour telle, est mise en scène dans cette tragédie si éminemment religieuse et morale.

Les caractères sont parfaitement d'accord avec l'idée qu'ils représentent. Les Euménides sont, comme elles s'appellent elles-mêmes, de vieilles déesses, γραῖας δαίμονας, (v. 150 et passim); Apollon, un jeune dieu, un dieu nouveau, νεὸς. Minerve, la fille de Jupiter, appartient aussi à la nouvelle dynastie des dieux.

Les Furies sont les ministres de l'ancienne Justice, de cette Justice qui est à la fois la justice et la vengeance, de cette Justice aveugle qui frappe surtout l'action sans en peser les motifs, et sans tenir compte de la liberté du coupable; de cette Justice implacable qui se confond encore avec le Destin, et qui n'admet ni supplications, ni expiations, ni pardon. Pour elles Oreste est le meurtrier de sa mère, c'est un parricide. « C'en est assez, quand il » fuirait sous la terre, il ne peut éviter son châtiment. » Après son parricide, un démon vengeur le poursuivra » toujours. Tel est le sort immuable que la Parque in-

» flexible a filé pour lui. Celui qui s'est fait l'artisan de » la mort, je dois le poursuivre jusqu'aux enfers. v. 335. » 59. Nous poursuivrons le coupable, quelque fort » qu'il soit; dès qu'il a fait couler le sang, il est perdu. » Mais le trépas ne le délivre pas de moi. Nous devons » obtenir des dieux que nos arrêts soient irrévocables et » sans appel. La race odieuse qui s'est souillée de sang » n'est plus digne d'être écoutée de Jupiter. »

Elles ne comprennent pas que le fils de Jupiter, le jeune dieu, dérobe de leurs mains un coupable qui a assassiné sa mère, et que, pour sauver son suppliant, un dieu leur enlève un impie. Cette manière d'exécuter la justice est l'injustice même. Aussi, selon elles, les nouveaux dieux, ce sont d'injustes dieux. « Ainsi se conduisent les nouveaux » dieux. Ils règnent sans équité. Voyez ce trône placé au » centre de la terre, il dégoutte de sang. Celui qui s'y » assied a souffert qu'un sacrilége le souillât. Vous n'ho- » norez que d'injustes dieux et méprisez les anciennes » Parques. » (v. 162.)

Mais ce qui prouve par-dessus tout le caractère antique et en même temps inférieur de cette personnification de l'idée du châtiment et de la justice pénale, c'est qu'elle est séparée de son principe, quoiqu'elle soit sous sa dépendance. Les divinités exécutent les ordres de la Justice et de Jupiter, mais elles règnent séparées des dieux sans pompe et sans éclat dans un séjour que n'éclaire point le soleil.

» Notre culte est antique et ne fut jamais négligé, bien » que notre demeure soit sous la terre et dans les abîmes

» ténébreux. v. 384 et seq. Nous sommes les enfans » éternels de la Nuit. » (v. 419.)

Oreste a pour lui les dieux nouveaux, θεοὶ νεώτεροι, (v. 781) c'est-à-dire, la raison et le droit supérieur, mieux compris et plus vrais. Il a tué sa mère, mais pour venger un père et pour obéir à l'oracle d'Apollon. Or l'oracle d'Apollon, c'est l'ordre émané de Jupiter lui-même, le père des dieux et des hommes; car Apollon est le prophète de son père. v. 19. Διος προφήτης δ' ἐστι Λοξιας πατρος. C'est donc Jupiter, le père des dieux et des hommes, le roi de l'Olympe, qui a ordonné au fils de venger le meurtre sacrilége du père et du roi. L'idée de la supériorité qui appartient au père dans la famille et celle de l'inviolabilité de la personne royale, tels sont les deux principes qui élèvent la cause d'Oreste au-dessus de celle de Clytemnestre et des Euménides, et qui en font la cause même des nouveaux dieux.

On entrevoit, il est vrai, sous l'idée morale de la supériorité de l'homme sur la femme, la conception cosmogonique à laquelle elle se rattache dans le système religieux, l'antique opposition de la force créatrice et de la matière, du principe mâle et du principe femelle.

« Ecoutez ce que je vais dire et reconnaissez-en la vérité : La mère est non la créatrice de ce qu'on appelle » son enfant, mais la nourrice du germe versé dans son » sein. C'est l'homme qui crée; la femme, comme un dépositaire étranger, reçoitlefruit, et tant qu'il plaît aux » dieux, le conserve. La preuve de ce que j'avance, c'est » qu'on peut devenir père sans le concours d'une mère :

» témoin ici la fille du dieu de l'Olympe, qui n'a point » été conçue dans les ténèbres du sein maternel. Quelle » déesse eût produit un rejeton si parfait (v. 40)?

Mais si le naturalisme mythologique se fait ici sentir d'une manière assez marquée, l'idée dominante est l'idée morale à laquelle l'argument philosophique prête seulement une nouvelle force. Jupiter, le père des habitans de l'Olympe, ζεῦς ὀλυμπιῶν πατὲρ (v. 621), ne reconnait point de droit qui permette à la mère de se venger du père, à une femme de violer la majesté royale.

« Ainsi donc, Jupiter t'a dicté l'oracle qui ordonnait » à Oreste de compter pour rien les droits de sa mère.

» **Apollon**. Sans doute, et le meurtre d'une femme » est-il donc comparable à l'assassinat d'un héros que » Jupiter avait honoré du sceptre, et que son épouse » immola (v. 630)?

Telles sont les raisons qui inspirent à Oreste le sentiment de la bonté de sa cause, qu'Apollon, son avocat et son témoin, fait valoir au nom de Jupiter pour la défense de son client, et qui décident la vierge née sans mère à lui donner son suffrage. Et il faut le dire, si on se place au point de vue des Grecs, la cause de Clytemnestre et des vieilles déesses est faible. Ajoutez à cela qu'Oreste n'est pas seulement le fils d'Agamemnon, mais l'héritier légitime de sa puissance, et qu'en ressaisissant le sceptre de son père, il a droit d'en frapper la tête des coupables qui l'ont usurpé.

Néanmoins il y a un endroit où cette cause fléchit un instant. Le poète a eu la hardiesse de mettre dans la bouche des Euménides un argument personnel, très-embarrassant pour le dieu qui défend Oreste au nom du souverain de l'Olympe.

« Jupiter, à t'en croire, protège préférablement les » pères. Toutefois il enchaîna le sien, l'antique Saturne. » Sa conduite ne contredit-elle pas tes discours? Juges, ce » fait mérite votre attention (v 642).

Apollon se fâche et répond par un sophisme.

« O monstres détestables, abhorrés des dieux, vos » fers peuvent se rompre; mais quand la terre a bu le » sang d'un homme, quand il a expiré, rien ne peut le » rappeler à la vie (v. 646). »

Quoi qu'il en soit de la faiblesse de cette réponse, le droit véritable est du côté d'Oreste. Nous avons ajouté que sa cause mérite de triompher pour un autre motif, parce qu'elle a pour elle un principe méconnu par les divinités implacables qui le poursuivent et l'accusent, l'idée de l'expiation et de la purification du coupable.

Quoique le parricide d'Oreste puisse se justifier, il n'en est pas moins un attentat contre la nature. Ordonné par la justice des dieux, il doit néanmoins être expié; et le coupable non-seulement doit l'expier, mais il en a le droit.

Le droit d'expier, voilà ce que se refusent à reconnaître les ministres des anciennes Parques, les antiques filles de la Nuit, et ce qu'elles ne comprennent même pas. C'est au contraire ce que comprennent très bien les nouveaux dieux et leur protégé. Apollon, le puissant Λοξιας, est à la fois un dieu prophète et un dieu médecin, ἰατρομάντις. C'est aussi un dieu purificateur, καθάρσιος.

Quant à Oreste, instruit par ses malheurs, il savait, dit-il, plus d'un moyen d'expier son crime. Il s'est présenté en suppliant dans le temple de Phébus. « Déjà la » souillure de son parricide est effacée; récente, elle a été » lavée dans le sanctuaire de Phébus. »

Apollon lui promet de ne point l'abandonner. Il lui dit de courir à la ville de Pallas : « Là, dit-il, nous aurons » des juges. Là, plaidant pour toi, je saurai t'affranchir » à jamais de tes peines (v. 80). » Il le confie à son frère, fils, ainsi que lui, de Jupiter. Jupiter lui-même respecte le droit des supplians : il écouta Ixion, le premier des homicides (v. 720).

Pallas, la sage déesse, fille de Jupiter, accueille favorablement le fugitif envoyé par son frère, et qui vient embrasser la statue de l'immortelle déesse. Elle l'appelle l'auguste suppliant, σεμνος προσικτωρ (v. 720).

Enfin la cause d'Oreste est gagnée. Il est absous par le suffrage de Minerve. Les Euménides sont vaincues. Ce dénouement pourrait suffire, car l'intelligence est satisfaite sous le rapport moral comme au point de vue de l'art. Mais après avoir mis en opposition deux principes vrais, quoique inégaux, et avoir fait triompher le plus juste, le poète a cru devoir mieux faire encore en les conciliant, en rétablissant l'harmonie et la paix qui doit exister entre eux. C'est en effet là le véritable dénouement, le dénouement complet qui ne laisse plus rien désirer à la raison, qui rétablit aussi le calme parmi les puissances de l'âme humaine soulevée et troublée par la succession des événemens qui constituent le drame.

Minerve propose donc aux Euménides des autels et une demeure vénérée au milieu de son peuple, si elles veulent se dépouiller de leur haine aveugle, de leur caractère d'implacable vengeance, devenir des divinités bienfaisantes, sans cesser cependant d'être ce qu'elles ont été jusqu'alors, des puissances vengeresses dont la mission est de maintenir l'ordre de la justice, en punissant les coupables et en inspirant aux mortels une salutaire terreur. Les dernières paroles de Minerve expriment admirablement cette transformation de l'idée du châtiment et de la vengeance dans une conception plus élevée qui lui marque son véritable but, et sa véritable place dans les destinées humaines.

« Allez, déesses, soyez redoutables aux impies (913),
» car j'aime les humains comme le pasteur ses brebis;
» mais je veux que la race seule des justes soit exempte
» de maux. Tel soit donc votre soin. »

Elle s'applaudit d'avoir fixé parmi ses citoyens ces vénérables et puissantes déesses; car ce sont elles qui règlent tout parmi les hommes. « Justes dispensatrices, pré-
» sentes en tous lieux, agissantes en tous temps, leur
» exacte équité les rend les plus vénérables des divinités
» (965). Elles font régner la paix (1). »

Si nous embrassons maintenant d'un seul coup-d'œil la trilogie toute entière, nous sommes en droit de conclure que partout sous les actions et les passions des personnages qui sont en scène, se découvre comme motif principal une

(1) Voyez l'explication du symbole renfermé dans cette tragédie. (Scure cr., t. I.

idée morale qui élève et ennoblit les caractères, et leur communique le genre de bonté qui convient à la tragédie.

Dans *Agamemnon*, c'est l'amour maternel et le sentiment des droits de l'épouse qui animent Clytemnestre à la vengeance et qui excusent son amour pour Egisthe. Dans les *Coéphores*, la piété filiale et la volonté des dieux réunies arment le bras d'Oreste, et justifient le parricide que méditent et exécutent les enfans d'Agamemnon (*facto pius et sceleratus eodem*). Dans les *Euménides*, les deux parties, dont le différend est porté devant le tribunal établi par Minerve, ont un égal sentiment de la justice de leur cause.

Les Euménides soutiennent les droits de la mère contre le fils. Apollon défend ceux du père et du roi en faveur du fils.

Les vieilles déesses invoquent la loi nécessaire et fatale, en vertu de laquelle le châtiment doit s'attacher au pas du coupable. Oreste et les nouveaux dieux en appellent à une idée supérieure et plus morale, celle de l'expiation.

En outre, si on veut suivre les développemens de ces idées dans les trois pièces (1) dont l'enchaînement forme un

(1) Il ne faut pas considérer isolément chacune des tragédies d'Eschyle : la réunion d'Agamemnon, des Coéphores, des Euménides forment un tout complet et régulier.

La première montre le crime triomphant ; la seconde, ce crime puni par un autre crime ; la troisième, l'expiation de ce dernier attentat mettant un terme aux calamités et aux forfaits de la famille d'Atrée.

Ces trilogies nous semblent l'expression manifeste de la marche du polythéisme grec, puisque dans le même poète les traditions se succèdent toujours moins grossières en raison des mœurs qui s'adoucissent et des idées qui s'épurent. (v. SCHLEGEL, BENJ. CONST.)

tout complet, et par conséquent renferme un sens achevé. on verra que dans la première de ces trois tragédies, un principe moral, mêlé à des passions qu'il ennoblit, triomphe d'un autre principe également inviolable et sacré, ce qui jette à la fois le trouble dans la raison et la terreur dans l'âme, et inspire une égale pitié pour la victime et pour les coupables.

Dans la pièce qui forme le deuxième acte, le principe qui avait succombé se relève et triomphe à son tour.

« Le jour *alors* commence à luire, » comme dit le chœur. Mais cette victoire est achetée par la violation d'une autre loi de la nature, d'où résulte un nouveau trouble dans la raison, et dans la sensibilité les mêmes impressions de frayeur religieuse et de pitié partagée.

Enfin, dans la pièce qui contient le véritable dénouement, cette opposition des deux principes reparaît. Elle excite au plus haut degré l'attente du spectateur. Cette lutte est enfin terminée à l'avantage du principe supérieur dont la victoire est confirmée et légitimée par un arrêt du tribunal institué par la Sagesse même. L'ordre troublé par l'atteinte portée au principe contraire est rétabli, grâces à l'intervention d'une idée médiatrice. L'harmonie règne alors dans ce monde idéal évoqué sur la scène tragique, et l'âme humaine, qui a éprouvé tant d'émotions contradictoires, mais d'un caractère élevé et pur, se trouve elle-même satisfaite et calmée. C'est ainsi que nous comprenons l'impression morale que doit produire la représentation tragique.

Nous voudrions poursuivre dans le même but l'examen

des autres pièces d'Eschyle. Le *Prométhée* (1), en particulier, nous fournirait un beau sujet d'analyse. Mais outre que nous craignons de nous engager dans une des plus hautes questions de la mythologie grecque, cette pièce n'a pas pour nous le même avantage que les précédentes. Elle n'est qu'un fragment d'une trilogie dont les deux autres parties sont perdues.

Nous ne nous arrêterons pas non plus sur les *Suppliantes* et les *Perses*. La première de ces pièces n'est guère qu'un morceau lyrique. Elle a moins le caractère d'une création, que d'un mythe. Il s'agit de faire comprendre au peuple les mystères, les sacrifices, les oracles, les traditions, etc.

La seconde pourrait passer pour un récit épique, ou bien pour un hymne à la liberté. L'absence presque totale d'action ne permettant pas aux caractères de s'y développer, ils ne peuvent nous offrir matière à l'application de l'idée que nous avons eue en vue.

Nous dirons un mot sur les *Sept chefs devant Thèbes*. Le seul personnage dont le caractère soit bien dessiné dans cette tragédie, est celui d'Etéocle. Or ce caractère remplit la condition qui constitue la bonté des mœurs tragiques. Etéocle est non-seulement courageux, brave et infatigable, animé par l'amour de la gloire, jaloux, en un mot, de défendre Thèbes contre les sept héros qui en assiégent les portes. Mais il est convaincu de la justice de sa cause, qu'il confond avec celle de la ville dont il est le roi et le gardien, et avec celle des dieux dont il défend les autels.

« Enfans de Cadmus, celui qui, comme moi, pilote

(1) Voyez l'analyse de cette pièce, par Schlegel, etc.

» de l'état, assis à la poupe, tient le gouvernail, doit,
» chassant de ses yeux le sommeil, donner des ordres prudents. Je veux donc en ce jour que chacun de vous, s'occupant de soins convenables, prévienne la destruction de Thèbes et défende sa patrie la mère commune.

» O Jupiter, ô dieux protecteurs, et toi, fatale imprécation, vengeance trop puissante d'un père, ne renversez point jusque dans ses fondemens et par les coups de nos ennemis, une ville grecque et vos foyers. Dieux, soyez notre défense, nos intérêts sont communs. »

Sur le bouclier de Polynice sont représentées deux figures, un guerrier ciselé en or, et une femme qui le conduit majestueusement par la main. « Je suis la Justice, » dit-elle, je ramènerai cet homme. Je lui rendrai sa patrie et l'héritage de ses pères (v. 648). »

SOPHOCLE.

Il n'est personne qui ne reconnaisse comme un des principaux titres qui assurent à Sophocle (1) la prééminence sur les deux autres tragiques, la beauté morale qu'il a su prêter à ses caractères, dont plusieurs sont restés en même temps des modèles inimitables pour l'art, et d'admirables types de la grandeur humaine. Il semblerait donc inutile d'entreprendre pour Sophocle ce que nous avons fait pour Eschyle. Mais d'abord il ne suffit pas de sentir et d'admirer. La tâche du critique est de se rendre compte de ses impressions. Nous ne devons pas nous borner à faire voir que Sophocle a su réunir dans la plupart des personnages de ses pièces, la beauté morale à la beauté poétique; mais sous quelles conditions a pu s'accomplir cette alliance, et dans quelles limites. C'est ici surtout que nous aurons à faire l'application de la restriction qu'apporte Aristote à la bonté des mœurs dans la tragédie.

(1) Sophocle est né dans la 2e année de la 72e olympiade, 17 ans après Eschyle, 495 ans avant Jésus-Christ.

Aristote, Poétique passim.—Dion Chrysostome, discours 52.—Cicéron, orator, ch. 1.—Pline l'Ancien, liv. VIII, ch. 29.—Plutarque, de prof. in virtute, p. 79.—Boileau, Art poétique.—Racine, Schlegel, Littér. dramatique; et M. Nisard, Etudes sur les poètes de la décadence.

Enfin nous verrons si jamais Sophocle lui-même n'a dérogé à la loi que nous regardons comme un des principes constitutifs du beau classique.

Examinons d'abord la trilogie qui nous présente l'enchaînement fatal des malheurs de la famille d'OEdipe. Dans *Œdipe Roi*, le personnage dont les infortunes excitent à un si haut degré la terreur et la pitié est un innocent (1). Tous les crimes d'OEdipe, comme il le dit lui-même, sont *involontaires*.

« J'ai rassemblé sur moi les maux les plus terribles;
» mais j'en atteste les dieux, ils sont involontaires (2). »
(*Œdipe à Colone*, v. 413). Une inévitable fatalité s'est emparée de lui dès sa naissance, et a conduit tous les événemens de sa vie. Bien plus, c'est en cherchant à éviter les funestes prédictions des oracles qu'il les a si bien accomplis; ses actions les plus belles, les plus glorieuses, sont devenues à son insu la cause de tous ses attentats, de tous ses malheurs. En fuyant sa famille, il la trouve; en vengeant sur un étranger une injuste aggression, il devient le meurtrier de son père; en délivrant sa patrie du monstre qui la désole, il devient l'époux de sa mère, et le père d'une race déplorable. C'est en cherchant à écarter de Thèbes un autre fléau, qu'il voit se dérouler à ses yeux son affreuse destinée toute entière; en voulant découvrir le meurtrier de Laïus et venger sa mort, il découvre le fatal mystère de sa vie et de sa naissance. Il voit retomber sur sa tête les anathèmes qu'il a prononcés contre les

(1) Voyez l'analyse de cette pièce, par M. Désiré Nisard ; Etudes sur les poètes de la décadence. — (2) Traduction de M. Artaud.

coupables. Devenu pour lui-même un objet d'horreur, il se prive de la lumière, et se condamne, vieux, proscrit, aveugle, à une vie errante et mendiante.

Ne pourrait-on pas dire que le poète a dépassé le but, ou plutôt, comme les chefs-d'œuvre n'ont jamais tort, que cette admirable tragédie met en défaut la règle du philosophe?

Aristote n'a-t-il pas dit que la tragédie ne doit point présenter de personnages vertueux qui d'*heureux* deviendraient *malheureux?* car cela, ajoute-t-il, ne serait ni pitoyable, ni terrible, mais odieux.

Il est facile de répondre : Sans doute Œdipe est un caractère tragique d'une grande beauté morale, mais le poète n'a point représenté en lui la vertu ni même l'innocence malheureuse, ce qui ne serait en effet ni tragique ni moral. D'abord, le petit fils de Labdacus n'est point un innocent. Il porte le poids des crimes de sa race, dont les siens ne sont pas seulement la suite, mais encore l'expiation. Il est né coupable d'une faute originelle, et à sa naissance il n'échappa à la mort qu'à condition d'être par sa vie entière un exemple terrible de la justice des dieux. Ensuite Sophocle est loin d'avoir fait de son héros un modèle de sagesse et de vertu. Œdipe mêle à des intentions pures et généreuses, à des sentimens élevés, à un noble courage, des passions et des faiblesses humaines. Le comble de l'art est d'avoir bien combiné ces défauts et les fautes qu'ils font commettre avec l'action fatale de la puissance divine, de telle sorte que toujours les crimes et les malheurs d'Œdipe semblent naître de lui-même, de ses propres passions, en un mot, peuvent lui être imputés. Ainsi OEdipe a l'âme noble et fière, mais cette fierté est poussée à l'excès. C'est elle qui lui fait quitter Corinthe, c'est elle qui lui fait faire les premiers pas dans la malheureuse carrière qu'il s'ouvre ainsi lui-même.

« Au milieu d'un festin, un homme plein d'ivresse me
» reproche de n'être qu'un fils supposé. Pénétré de dou-
» leur, j'attends impatiemment la fin du jour. Le lende-
» main, je me rends auprès de mon père et de ma mère.
» Je les interroge. Ils s'indignent contre celui qui m'a
» outragé; leur réponse dissipe mes craintes, mais le trait
» qui m'a blessé me poursuit. Je pars à leur insu, je vais
» au temple de Delphes (v. 768). »

C'est ce caractère emporté, ombrageux, susceptible, qui lui fait bientôt commettre sur un vieillard inconnu un meurtre qui est un parricide.

« J'étais dans ce fatal sentier, lorsqu'un héraut et sur
» son char un homme semblable à celui que vous m'avez
» dépeint, se présentent devant moi. Le vieillard et celui
» qui conduisait son char, me repoussent. Emporté par
» la colère, je m'élance sur lui et le frappe (v. 718). »

Il sauve Thèbes en expliquant l'énigme du sphinx et en tuant le monstre. Mais sa raison s'enorgueillit d'avoir trouvé seul le sens de cette énigme, que n'ont pu débrouiller les devins et les prophètes avec l'aide des dieux. Il n'est donc pas étonnant qu'il soit confondu lui-même après avoir confondu le monstre, et qu'en acceptant la main de Jocaste avec la couronne de Thèbes, il ne sache pas pénétrer l'énigme de ce fatal hyménée. Frappante image de la sagesse humaine, dit Schlegel, qui se perd dans les généralités, sans que le mortel auquel elle semble accordée sache jamais en faire usage.

Devenu roi de Thèbes, il se montre digne du trône en cherchant à soulager ses sujets des maux qui les accablent, et en poursuivant avec ardeur les meurtriers de Laïus; mais il est trop prompt à maudire des coupables qu'il ne connaît pas, et ses imprécations retombent sur sa tête. Il envoie consulter l'oracle, et il n'attend pas la réponse, comme le chœur le lui reproche : « OEdipe, tu as maudit » mes jours. Je veux me justifier. Je n'ai point tué Laïus. » Je ne connais point le meurtrier. C'était au dieu qui a » rendu l'oracle d'en expliquer le sens (v. 265). »

Il s'irrite de se voir lui-même désigné comme l'auteur du meurtre, et sa colère l'égare. Il accueille légèrement les plus injustes soupçons, il traite sans ménagement le devin Tirésias qui alors lui prédit les plus grands malheurs. Sans preuves évidentes, il accuse Créon, cet *ancien et fidèle ami*, le généreux Créon, de vouloir le trahir et d'avoir tramé un odieux complot avec le devin pour le détrôner et le faire bannir de la ville qu'il a sauvée. Sa haine n'a plus de bornes; il veut faire périr le frère de celle qu'il a épousée, et il faut les prières et les larmes de Jocaste pour fléchir et désarmer sa colère.

Enfin nous reviendrons sur un point que nous n'avons fait que toucher et qui nous semble capital pour l'explication de la pièce entière. Sans doute il ne faut pas chercher dans Sophocle la profondeur mythologique d'Eschyle. Cependant il est facile de retrouver dans cette tragédie l'idée morale qui fait le fond de la fable d'OEdipe; le nœud de toute cette tragique histoire, c'est l'énigme même proposée par le sphinx et qu'OEdipe a résolue. Le mot de cette énigme, c'est l'homme. Or OEdipe, comme il le dit lui-même, pour expliquer cette énigme, n'a point eu recours aux dieux. C'est sa raison seule qui en a percé le mystère.

« Moi, mortel ignorant, à peine arrivé dans Thèbes,
» j'ai confondu le monstre *par le seul secours de ma rai-*
» *son sans consulter le vol des oiseaux* (v. 386). »

C'est donc la raison humaine qui se substitue ici aux oracles des dieux et parvient par elle-même à expliquer l'énigme de la vie et le problème de la destinée; or il est une loi morale aussi ancienne que le monde, c'est que cette victoire de la raison qui atteste sa grandeur fasse en même temps éclater sa faiblesse, et soit achetée par le malheur. Il est impossible de ne pas reconnaître en effet, que dans toute la pièce domine le sentiment de la faiblesse de la raison humaine qui cherche en vain à se soustraire aux oracles des dieux, et qui pourtant a le sentiment de sa force. La scène entre OEdipe et Tirésias est très remarquable sous ce rapport :

« T. Tu me reproches d'être aveugle!
» O. Tes paroles ne sont qu'énigmes obscures.
» T. N'es-tu pas habile à les expliquer?
» O. Tu me reproches ce qui fait ma gloire.
» T. C'est plutôt ce qui fait ta perte (v. 427 et seq.).

Ils disent vrai tous les deux. La gloire d'OEdipe est d'avoir deviné l'énigme; mais il est juste que celui qui explique la destinée, la subisse. OEdipe représente l'idéal de la nature humaine, grandeur, faiblesse, et malheur.

Nous ne nous occuperons pas des personnages secondaires.

Jocaste, qui partage avec OEdipe les malheurs prédits par les oracles, n'est pas plus que lui une victime innocente, ni un personnage vertueux. Sans doute il est bien naturel qu'elle accueille avec transport tout ce qui semble démentir les terribles prédictions qui la menacent, elle et son époux, et qu'elle exagère ses espérances pour se rassurer. Mais elle parle des oracles avec une hardiesse insultante qui fait trembler pour elle. « La prophétie d'A-
» pollon ne s'est pas accomplie, et Laïus n'a pas péri de
» la main de son fils. Les oracles toutefois avaient parlé.
» Méprise-les; le dieu manifeste *aisément* ce qu'il veut
» révéler (v. 725). »

L'épouse d'OEdipe croit donc aussi que les dieux s'adressent à l'intelligence des mortels sans intermédiaire. Plus loin, lorsqu'elle apprend la mort de Polybe, elle s'écrie d'un ton triomphant : « Femme, cours l'annoncer
» à ton maître. Oracles des dieux, qu'êtes-vous devenus?
» OEdipe s'est exilé de Corinthe pour ne pas tuer son
» père, et les coups du destin enlèvent Polybe (v. 945 et
» suiv.). Il ne meurt point de la main de son fils. »

OEdipe lui-même se laisse aller à des paroles impies :
« Oh! que sert de consulter les autels prophétiques de
» Delphes, ou le chant des oiseaux (v. 965)? »

Il y a un moment où le chœur jette en quelque sorte un cri d'alarme. On dirait que la cause des dieux est en péril.

« Si l'impiété est récompensée, que me sert de figurer
» dans les danses en l'honneur des dieux? Je n'irai plus
» porter mes vœux au centre de la terre, au temple
» d'Abès ou d'Olympie, si ces oracles ne se vérifient à la
» face des hommes (v. 896). »

Pour conclure, ce qui fait la beauté morale de cette pièce, et en même temps produit le véritable effet tragique, c'est qu'elle présente l'homme luttant avec la liberté et la raison contre la fatalité, subissant comme expiation d'un crime antique, comme condition de sa propre grandeur, et comme conséquence de ses faiblesses, des malheurs voulus et prédits par une puissance qui n'est ni aveugle, ni injuste.

Cette conception sublime de la destinée humaine s'éclaircit et s'achève dans la pièce suivante. L'idée qui domine dans *Œdipe à Colone*, n'est plus celle de la lutte et de l'expiation, mais celle de la grandeur morale et de la sainteté qui suit l'épreuve. Le vieillard aveugle n'apparait plus ici comme le descendant d'une race coupable, dans la personne duquel se sont accomplis d'inévitables oracles, mais comme un mortel que les dieux ont soumis à de terribles épreuves, et qui va en trouver le terme dans une mort digne d'envie.

« Ils t'avaient abaissé, aujourd'hui ils te relèvent. »

Quelque chose de grand et de saint est répandu autour de la personne d'OEdipe, devenu l'objet d'un respect religieux pour les hommes. En sa faveur, les dieux font éclater leur protection par des prodiges. Une fin mystérieuse lui est réservée, à laquelle aucun mortel n'a droit de prétendre, et où l'on entrevoit presque une apothéose.

« La trame de ses jours se déliera sans efforts, sans » douleur, et d'une manière toute mystérieuse. »

Sa délivrance sera signalée par un tremblement de terre, par la foudre et par les éclairs. Thésée, un héros, est seul digne d'être témoin de cette fin dérobée aux regards des hommes.

« Les dieux l'appellent à eux. »

Tout à coup la voix du dieu se fait entendre; elle appelait OEdipe, elle criait : « OEdipe, qu'attends-tu? Viens, » ne me retardes pas (v. 1623). » Enfin il sera lui-même une espèce de divinité tutélaire pour le pays qui lui aura donné un asile. Aujourd'hui les villes se disputent le droit de le posséder sur leur territoire.

Thèbes qui l'a banni vient le redemander par la bouche de son roi. Un fils coupable qui l'a chassé vient implorer son pardon et le supplier de donner par sa présence la victoire à l'armée qu'il conduit devant Thèbes. Athènes prend sa défense, et elle reçoit pour prix de l'asile qu'elle lui accorde le présent de son corps qui sera pour elle un rempart inexpugnable contre ses ennemis. Tout concourt à représenter dans OEdipe un être supérieur à l'humanité, lui, le plus terrible exemple de la destinée humaine.

Néanmoins, Sophocle s'est bien gardé d'affranchir le héros d'une tragédie de la condition et des passions humaines. OEdipe, avec le sentiment de tristesse sublime qui règne dans tous ses actes et ses discours, conserve le caractère que le poète lui a donné dans les pièces précédentes. C'est toujours cet homme altier, irritable, prompt à lancer l'injure et l'imprécation, soupçonnant toujours sous des paroles bienveillantes quelque dessein perfide (785); et maintenant l'âme du vieillard, aigrie par le malheur et les outrages, a contracté quelque chose de dur, d'inflexible, d'inexorable, qui le rend insensible au repentir et aux prières.

Si nous examinons les autres personnages qui jouent un rôle actif dans la pièce, nous verrons qu'ils satisfont à la condition qui constitue la bonté des mœurs dans la tragédie.

La conduite de Créon, malgré la violence dont il use à l'égard des filles d'OEdipe, et dont il menace OEdipe lui-même, ne peut pas passer pour odieuse, parce qu'il est animé par des motifs justes et par des intentions louables. Si on consent à se dépouiller de la sympathie qui s'attache à la personne d'OEdipe, et à juger entre lui et Créon avec impartialité, avec des raisons humaines, on sera forcé d'avouer que le droit et le bon sens sont du côté de Créon. Il se montre d'abord sincèrement touché des malheurs d'OEdipe et de l'état où il est réduit, lui et ses filles. Le discours dans lequel il engage le malheureux vieillard à rentrer dans son palais et à préférer sa patrie à une ville étrangère, est plein de raison et de convenance. La réponse d'OEdipe l'irrite, et c'est alors qu'il se détermine à employer la force. Il agit alors en roi. OEdipe, quoique sur un sol étranger, est son sujet; ses filles doivent lui obéir. Le moyen auquel il a recours pour forcer OEdipe à le suivre peut paraître inhumain; mais il l'emploie dans l'intérêt d'OEdipe lui-même, dont le refus lui parait aussi insensé qu'injuste.

« Infortuné, le temps lui-même n'a pu former ta rai-
» son (v. 793), puisque tu veux triompher de ta patrie et
» de tes amis, dont les prières, tout roi que je suis, m'ont
» décidé à venir en ces lieux, jouis de ton triomphe. Le
» temps viendra, je n'en doute pas, où tu sentiras que
» tu sers mal tes intérêts (v. 837 et suiv.). »

Deux motifs justifient Créon et relèvent son caractère, le devoir de faire respecter l'autorité royale qui réside dans sa personne, et qu'il ne peut laisser outrager impunément, et le désir de sauver Thèbes menacée des plus grands malheurs, si Œdipe ne consent pas à finir ses jours sur le sol de sa patrie.

Polynice est un fils coupable; mais sa faute est en dehors de la pièce qui ne laisse voir que son repentir. Les paroles par lesquelles il implore son pardon sont touchantes. Il paraît pénétré de la justice de sa cause et animé par le désir de la gloire.

Œdipe reste inexorable. Il maudit ses deux fils.

Malgré les terribles imprécations de son père, Polynice persiste dans son entreprise, mais encore par un sentiment d'honneur : *il ne peut pas congédier* l'armée qui a embrassé sa cause. « Il lui serait honteux de fuir
» et d'être le jouet d'un frère plus jeune que lui (v. 1421). »
Il emporte avec lui la malédiction d'un père et la pitié des spectateurs.

L'*Antigone* de Sophocle est peut-être, de toutes les pièces du théâtre grec, celle où il est le plus facile de montrer le véritable esprit du précepte d'Aristote sur la bonté des mœurs.

Le sens de ce précepte est que tout personnage tragique doit agir sous l'empire d'une idée morale, de sorte que la lutte qui s'engage entre les personnages d'un drame et qui finit par une catastrophe, est une lutte entre des idées morales servies par la liberté de l'homme, et associées à des passions humaines où se retrouve l'inévitable mélange du bien et du mal. Il résulte de là que les mœurs sont bonnes, puisque l'idée que poursuit chaque personnage est vraie et bonne elle-même ; et que néanmoins elles ne sont pas d'une bonté parfaite et absolue, sans quoi il y aurait harmonie et non pas désaccord entre ces idées, et l'action dramatique manquant de motifs serait impossible. D'un autre côté, les passions que ces idées ennoblissent doivent sortir des limites de la modération, parce qu'elles ont pour principe des idées exclusives, et que d'ailleurs ce sont des passions humaines.

La tragédie d'*Antigone* roule sur deux idées dont l'opposition forme le nœud de la pièce et dont le développement constitue l'action toute entière. L'une de ces idées a servi de type à la plus belle personnification du beau moral que l'art antique ait à nous offrir, le caractère même d'Antigone.

Le dévouement sublime de cette sœur de Polynice a son principe dans le sentiment des devoirs sacrés de famille, et du respect que l'on doit à la dépouille des morts. Voilà les motifs qui lui font braver la défense de Créon ; mais il ne faut pas s'imaginer que Créon soit un tyran injuste et barbare. C'est un personnage tout aussi moral qu'Antigone. Seulement il est mû par une autre idée, celle de la justice souveraine qui préside au maintien de l'ordre dans l'état, et veille à son salut. Il y a donc ici une opposition entre la famille et l'état, lesquels font valoir l'un contre l'autre des lois également saintes, inviolables, et éternelles, et c'est ce qui fait le véritable intérêt tragique de la pièce. Supposez qu'Antigone méprise la volonté capricieuse d'un tyran, et qu'elle viole une loi arbitraire ou impie, sa mort excitera un sentiment d'indignation que les malheurs de Créon pourront apaiser bientôt; l'âme du spectateur sera satisfaite, mais ce sont là des émotions communes et vulgaires qui ne ressemblent en rien à la terreur et à la pitié que doit faire naître la tragédie.

Remarquez quel soin prend Sophocle pour environner la défense de Créon du caractère imposant de la justice et de la religion. Le roi de Thèbes vient lui-même expliquer les motifs de l'arrêt qui concerne les enfans d'Œdipe. Cet arrêt est dicté par la sagesse qui doit présider aux conseils d'un roi, et lui faire préférer l'intérêt de sa patrie à tout intérêt privé, à toute affection personnelle.

« Pour moi, dit-il, j'ai toujours regardé comme le » plus pernicieux des humains, celui qui placé à la tête » de l'état ne suit pas les conseils les plus sages. Je mé- » prise également le citoyen qui préfère ses intérêts pri- » vés à ceux de sa patrie. Jupiter, aux yeux de qui rien » n'échappe, est témoin de la vérité de mes paroles. Je » serais le premier à dénoncer toute trahison qui mena- » cerait l'état. C'est par de tels principes que je rendrai » cette cité florissante, et déjà ils m'ont dicté le décret » relatif aux enfans d'Œdipe. Qu'Etéocle, qui est mort

» glorieusement en combattant pour nos foyers, repose » dans un tombeau? Mais son frère Polynice qui n'a » quitté son exil que pour venir mettre en flammes son » pays et ses dieux, j'ordonne qu'il soit privé de tombeau » et de larmes (v. 177). »

On sent à quelle hauteur doit se placer Antigone pour e mettre au-dessus de la loi qu'a portée la justice hu-naine, loi émanée du pouvoir légitime qui gouverne l'état t placée sous la sauve-garde de Jupiter lui-même. Et qu'on ne s'y trompe pas! Toute la tendresse d'une sœur our un frère, quelque vive, quelque exaltée qu'on la uppose, ne suffit pas; il faut que la sœur de Polynice ait opposer à l'inviolable majesté de la loi politique qu'elle se braver, une autre loi aussi sainte, mais méconnue, our laquelle elle s'immole. Sans cela elle joue un rôle ulgaire. On pourra craindre pour elle, être touché de ompassion pour le sort de la jeune fille et lui donner es larmes, se plaindre du pouvoir inflexible qui aurait à lui pardonner; mais la victime n'est pas digne du sa-rifice. Rien, dans cet événement malheureux, qui ne soit as du cercle ordinaire des événemens humains, rien qui nlève l'âme à la sphère habituelle de ses pensées et de ses motions, enfin qui la saisisse d'une frayeur religieuse, ien qui donne à la pitié un caractère supérieur à celui de compassion.

Ce qui fait la beauté, la sublimité du rôle d'Antigone, e qui donne à son caractère tant d'élévation et de fer-neté, c'est que cette jeune fille sait qu'il existe d'autres evoirs et d'autres droits que ceux qui ont l'état pour principe et pour objet, et devant lesquels la loi qui protège et conserve l'état doit s'arrêter, les droits et les devoirs sacrés de la famille et les saintes lois de l'humanité. Cette idée, pour laquelle elle se décide à mourir, est d'autant plus belle qu'elle était sinon inconnue, du moins très faible dans la société et les mœurs grecques. Qu'on la suive dans le développement de la pièce, on verra comme elle est admirablement représentée et exprimée.

Créon, en portant l'arrêt qui défend sous peine de mort d'accorder la sépulture au cadavre de Polynice et d'honorer la dépouille de celui qui a osé porter les armes contre sa patrie, s'adresse à des citoyens qu'il veut détourner d'un crime semblable par un exemple terrible. Mais il oublie que dans la cité il existe une famille que cette loi outrage. Il oublie que cette défense qui est faite pour des sujets, atteint aussi des sœurs. Enfin il oublie que Polynice a payé par la mort sa dette à la justice des hommes, et que son cadavre appartient maintenant à d'autres dieux qu'aux dieux de la patrie, dont *il a voulu brûler les temples*.

Voyons comme Antigone exprime elle-même ces idées à Ismène :

« Oui, j'ensevelirai celui qui est mon frère (v. 45-6-7).

» Ism. Mais Créon le défend.

» Ant. Il n'a pas le droit de m'éloigner d'un frère. —
» J'ai à plaire aux dieux des enfers plus long-temps qu'aux
» hommes d'ici-bas. Toi, méprise si tu veux les lois les
» plus sacrées (v. 75, 6, 7). »

Mais c'est dans ses réponses à Créon qu'il faut voir

comme elle comprend ce qui fait la sainteté du rôle qu'elle s'est donné.

« **Créon.** Réponds-moi en peu de mots. Connais-tu
» mes ordres?

« **Ant.** Je les savais; ils sont assez connus.

« **Créon.** Et tu as osé enfreindre ces lois!

« **Ant.** Ces lois n'étaient pas *dictées par Jupiter* ni par
» la *Justice* protectrice des Mânes, et je ne pensais pas
» que les décrets d'un mortel eussent assez de force pour
» ébranler *les lois saintes et immuables* des dieux. Celles-ci
» ne sont pas nées d'hier. Toujours immortelles, on ne
» sait pas leur origine. Je savais qu'il me faudrait mou-
» rir (1). »

Ainsi elle a enseveli son frère, parce que la nature lui en faisait un devoir, et que les ordres des dieux sont plus sacrés que ceux des rois (v. 445 et suiv.).

Plus loin :

« **Ant.** On n'a pas à rougir d'honorer un frère.

» **Créon.** Etéocle n'était-il pas aussi le tien? pourquoi
» lui déplaire en rendant à l'autre des honneurs?

» **Ant.** Jamais il ne m'en fera un crime.

» **Créon.** Mais tu honores également l'impie (v. 508
» et suiv.). »

» **Ant.** Ce n'est pas un esclave; il était mon frère.

» **Créon.** L'un ravageait sa patrie; l'autre combattait
» pour elle.

(1) **Créon.**—Vous faisiez donc vertu de transgresser mes lois?
Antig.— .... Oui, pour les dieux qui sont plus que les rois.
Rotrou.

« Ant. Pluton impose d'équitables lois.
» Créon. La vertu aime à être distinguée du vice.
» Ant. Qui sait les maximes des enfers?
» Créon. Un ennemi n'oublie pas sa haine au-delà du
» tombeau.
» Ant. Je m'unis à l'amour, et non pas à la haine (v. 308
» et suiv.). »

Ainsi des deux côtés, ce sont d'autres idées, d'autres maximes, une autre justice, d'autres dieux. Antigone ne l'ignore pas.

« Ant. Qu'attends-tu? Tes discours me déplaisent; les » miens ne te sont pas moins odieux. »

Créon comprend si peu le langage d'Antigone et de sa sœur, qu'il les traite d'insensées :

« De ces filles l'une a perdu la raison, l'autre n'en eut » jamais (559). »

En un mot, les principes dont l'opposition constitue l'action tragique dans cette pièce, sont empruntés à la justice et à la raison qui gouvernent le monde et règlent les actions humaines. Mais ils sont exclusifs, et voilà pourquoi ils se combattent et amènent une solution violente. De plus ils sont mêlés à des passions humaines qu'ils ennoblissent, mais qui les poussent hors de leurs limites et altèrent en même temps leur pureté. Créon est guidé par des intentions droites, animé par des sentimens nobles; mais il n'est point le plus sage des rois. Antigone elle-même, dont le rôle est sublime, n'est point le modèle des vertus dans la femme. Il y a dans le caractère du roi de Thèbes quelque chose d'impérieux, d'irascible, de dur et de hautain, qui fait que ses ordres peuvent paraître émanés d'une volonté arbitraire, qu'il semble se venger, lorsqu'il annonce qu'il veut punir. De son côté la fille d'Œdipe ne dément point son origine. La hauteur et la fierté de ses discours blessent et irritent encore plus Créon que sa désobéissance, et le chœur n'a pas tort de dire : « On » reconnaît *la dureté du père* à ce *caractère* inflexible » (v. 469). » Enfin quelque sublime que soit le dévouement d'Antigone, sa mort n'a rien d'odieux, parce que son action généreuse et juste n'en heurte pas moins un principe d'éternelle justice (1), ce qui ne se fait jamais impunément, et qu'en même temps elle expie encore les crimes de sa race. Lorsqu'elle est sur le point de subir la peine terrible de sa désobéissance, le chœur laisse entendre ces paroles : « *Tu as osé heurter le trône de la* » *justice : sans doute tu expies encore les crimes de tes* » *pères* (v. 850 et suiv.). »

Les malheurs de Créon n'ont rien non plus de révoltant, parce qu'ils ont leur principe dans une raison morale, sans cependant être représentés comme un châtiment. Tout préoccupé du soin de faire respecter l'autorité royale et de pourvoir au salut de la patrie, il a méconnu les droits sacrés de la famille. Il n'est pas étonnant qu'il soit cruellement frappé dans ses affections domestiques comme père et comme époux.

Ainsi, quoique cette tragédie ne laisse pas entrevoir

(1) Ism. Elle est sœur, elle est fille, elle est mère des rois.
Créon. Le fût-elle des dieux, elle est soumise aux lois.
Garn. Antig. Act. iv.

comme la précédente, par son dénouement, la solution du problème de la destinée humaine, son effet est d'accord avec le sentiment moral sans qu'elle ait pour but de le développer.

Ainsi subsiste par des liens intimes et cachés l'harmonie nécessaire qui unit l'art à la morale.

Nous ne poursuivrons pas d'une manière aussi détaillée l'examen des autres pièces de Sophocle. Nous tâcherons cependant de signaler dans chacune d'elles les caractères essentiels par lesquels elles s'accordent avec le principe que nous avons en vue, ou s'en écartent.

Nous insisterons principalement sur l'*Electre* et le *Philoctète*.

L'*Electre* de Sophocle nous fournit naturellement, par l'identité du sujet, l'occasion d'un parallèle avec les *Coéphores* d'Eschyle. Les deux pièces brillent par des beautés différentes. Aussi nous sommes loin de nier que sous le rapport de la composition dramatique, la tragédie de Sophocle ne soit une œuvre beaucoup plus savante que celle d'Eschyle; le progrès de l'art est manifeste. Mais notre comparaison ne doit rouler que sur un seul point, celui de la bonté des mœurs. Or en nous bornant à l'envisager de ce côté, dans cette tragédie, nous sommes forcés de reconnaître que le père de la tragédie grecque, loin d'avoir été effacé par son rival, lui est resté bien supérieur. Cela tient selon nous à la nature même du sujet, qui nous paraît avoir eu plus d'affinité avec le génie d'Eschyle qu'avec celui de Sophocle.

L'objet de la pièce est un parricide prémédité, délibéré,

concerté, exécuté sur la scène. Or pour que l'impression produite par une pareille représentation ne soulève pas le sentiment moral, les motifs qui feront agir les personnages ne peuvent descendre de trop haut. Il faut que la puissance supérieure, avec laquelle se combine et s'identifie la volonté de l'homme sans cependant s'annuler, remplisse continuellement le théâtre de sa présence, sans quoi il est toujours à craindre qu'un sentiment voisin de l'horreur ou de l'indignation ne domine toutes les protestations du bon droit. La terreur religieuse et l'enthousiasme lyrique pourraient seuls faire taire la voix de la conscience humaine.

Dans la pièce d'Eschyle, partout se fait sentir l'action divine; le chœur, qui retarde la marche de la pièce et ne laisse pas aux personnages le loisir de parler et de raisonner, d'expliquer les motifs de leurs actions, contribue encore à augmenter l'effet religieux. Dans la tragédie de Sophocle, on entend bien parler des ordres des dieux; mais le dieu lui-même est absent, ou bien sa voix est trop lointaine, trop faible et trop rare : elle ne *tonne* pas continuellement dans l'âme d'Oreste et du spectateur. Les enfans d'Agamemnon sont trop abandonnés à eux-mêmes. La force qui ne leur vient pas du dehors, ils sont obligés de la puiser toute entière dans leur propre conscience, et dans l'énergie de leur propre volonté.

Sophocle a été obligé d'ailleurs de remplacer en partie l'impulsion divine par des mobiles inférieurs et personnels, qui sont moins apparens chez Eschyle. Ainsi le caractère d'Electre, de cette femme forte, mais dure, impitoyable jusqu'à la cruauté, s'explique et se justifie, comme dans Eschyle, par le but qu'elle poursuit et par le sang de Clytemnestre qui coule dans ses veines. Mais le ressentiment des mauvais traitemens qu'elle a éprouvés occupe une place plus grande dans son cœur et dans ses discours, ce qui fait descendre à la fois Electre, Egisthe et Clytemnestre du rang élevé où Eschyle a su maintenir la dignité de leur caractère. En vengeant son père, Electre paraît davantage se venger elle-même, et Clytemnestre joue un rôle plus odieux et moins noble.

Celle-ci s'abaisse devant Electre à une justification où elle se fait accabler. La mort d'Iphigénie ne paraît guères dans sa bouche qu'un prétexte; tandis qu'Eschyle représente partout ce motif comme la cause première du crime, le reste comme accessoire ou conséquence. Aussi, dans les *Coéphores*, Clytemnestre ne daigne pas se justifier, et dans l'*Agamemnon* elle se glorifie.

Dans Eschyle, Oreste, sur le point d'égorger sa mère, s'arrête un moment :

« Pylade, que ferai-je? je ne puis tuer ma mère ! »
Et ces mots sublimes ne sont pas remplacés dans Sophocle. Oreste n'hésite pas, et l'on ne peut se défendre d'un sentiment d'horreur en entendant la voix inutile d'Electre qui lui crie : « Frappe, frappe, redouble, παῖσον, δὶς παῖσον. »

Enfin, lorsque le meurtre est consommé, nous ne voyons pas, comme dans Eschyle, les remords s'échapper spontanément de l'âme d'Oreste avant que les Furies s'en emparent.

Toutes ces raisons nous forcent à donner la préférence,

sous le rapport de l'impression morale, à la tragédie d'Eschyle. Mais nous ne voulons pas cependant prétendre que les mœurs soient mauvaises dans celle de Sophocle. Les motifs qui font agir les personnages sont justes et puissans; mais leur raison et leur volonté avaient peut-être besoin d'être fortifiés et secondés davantage par une raison et une volonté supérieure.

Ajax est une des plus faibles tragédies de Sophocle. L'infériorité de cette pièce ne tient pas seulement au vice de la composition (l'action est double), mais au caractère du héros de la pièce qui ne présente pas à un degré suffisant la condition morale que doit avoir tout personnage digne de la tragédie. On ne peut trop rappeler ce principe. La lutte qui s'engage entre les personnages d'un drame doit avoir lieu entre puissances intelligentes et morales, agissant il est vrai sous l'influence des passions humaines, mais d'après les idées éternelles de la raison qui apparaissent comme motif dans les déterminations de leur volonté. Or Ajax, dans la tragédie comme dans l'épopée, est un personnage d'une nature trop inférieure. C'est la personnification du courage guerrier, aveugle et brutal, qui a son principe dans le sentiment de la force physique. Sans doute il y a une idée morale à montrer un homme superbe devenu le jouet d'une puissance intelligente qui lui fait exercer sur de vils animaux, et enfin tourner contre lui-même, cette force dont il est si fier. Mais, comme le dit Aristote, il peut y *avoir là un exemple*, mais non *un objet de pitié et de terreur*.

La pitié a pour objet *ce qui ne mérite pas*, et la terreur *ce qui est notre semblable* (comme nous l'avons dit).

Or ce qui nous est étranger, ce qui ne peut exciter notre sympathie, ni nous remplir l'âme d'épouvante, c'est le spectacle d'une force aveugle dans le malheur et subissant la peine de son orgueil. Cela ne peut nous intéresser, ni nous faire trembler, parce que la nature humaine ne se reconnaît que dans ce qui est son essence, la raison et la liberté.

Qu'Ajax dans son délire égorge de vils troupeaux en croyant assouvir sa fureur sur des Grecs, qu'il insulte aux chefs de l'armée qu'il s'imagine avoir enchaînés dans sa tente; c'est là un spectacle peu digne d'être mis sur la scène. Ulysse, que Minerve invite à venir contempler son ennemi dans cet état et à en rire (v. 73), refuse de se repaître d'un pareil spectacle, et en cela il est plus sage que Minerve.

Que le guerrier, après avoir recouvré sa raison, honteux de sa méprise, se perce de son épée, cela ne nous émeut que faiblement et ne nous inspire ni terreur ni pitié. Que son *grand* cadavre reçoive ou ne reçoive pas la sépulture, peu nous importe. Nous ne voyons pas pourquoi les Atrides y attachent tant d'importance, et nous sommes encore ici de l'avis d'Ulysse qui prétend qu'on ne doit pas exercer cette rigueur sur un ennemi mort. Le débat est cependant le même que celui qui fait le sujet d'Antigone; mais les raisons n'en sont pas les mêmes.

Tout l'intérêt de la pièce se reporte sur des personnages secondaires, par exemple, sur Tecmesse et son fils. Sans doute la fable était donnée, et le caractère d'Ajax traditionnel. A cela il n'y a qu'une réponse : le sujet était malheureux.

Nous dirons également peu de choses des *Trachiniennes*. Le défaut capital de cette pièce, ce qui fait qu'elle manque d'un véritable intérêt dramatique, c'est que le personnage qui en est le héros n'agit sous l'inspiration d'aucune idée. Il pâtit plutôt qu'il n'agit. D'ailleurs, les souffrances qu'il endure sont d'un ordre inférieur. La douleur physique ne nous intéresse que quand elle est jointe à la souffrance morale.

La véritable pitié se porte sur un personnage secondaire; le sort de Déjanire est plus à plaindre que celui d'Hercule, parce que son malheur a pour cause une imprudence motivée par une intention morale dont elle est la victime. La fable de la mort d'Hercule renferme sans doute un grand sens moral, mais ce sujet était peu propre à être mis sur la scène tragique.

Il ne nous reste plus qu'à parler de *Philoctète*. Mais en abordant cette tragédie, ne devons-nous pas craindre un échec pour notre principe. Dans une pièce où l'artifice, le mensonge et la fraude sont mis en œuvre pour triompher d'un héros dont la situation excite au plus haut degré la pitié, peut-on espérer de voir observer la règle qui exige de tous les personnages de la tragédie la *bonté des mœurs?*

Nous ferons d'abord observer que le personnage opposé à Philoctète agit dans un but élevé et moral. Ulysse n'a eu en vue que la cause des Grecs qui ne peuvent renverser les murs de Troie sans les flèches d'Hercule.

Quant à Philoctète lui-même, son ressentiment contre les Grecs et contre Ulysse est juste. Ils ont méconnu dans sa personne les droits du malheur et les services rendus. Nous retrouvons donc ici une opposition entre des principes vrais en eux-mêmes, mais exclusifs, et dont la lutte intéresse la raison dans la représentation dramatique. Ulysse, c'est l'homme d'état, le politique, dans l'esprit duquel l'intérêt général doit passer avant tout, à qui cette considération, bonne en elle-même, fait trop oublier les droits de l'individu et les devoirs sacrés que prescrit l'humanité à l'égard du malheur.

C'est lui qui, comme il s'en explique sans embarras, abandonna autrefois dans cette île déserte et sauvage le fils de Péan, lorsque son pied fut déchiré par une horrible plaie. « Ses cris sauvages, ses gémissemens, ses imprécations troublèrent, dit-il, nos sacrifices, et remplissaient le campde funestes présages (v. 5 et suiv.). »

C'est lui qui aujourd'hui entreprend de le ramener à l'armée grecque, parce que sans lui et les flèches d'Hercule, les Grecs ne peuvent triompher de la ville de Troie. Si le guerrier persiste dans son ressentiment et ne veut pas le sacrifier à la cause commune, il emportera ses flèches et le laissera dans son île, ou le fera enlever malgré lui. Que lui importent ses cris et ses imprécations? N'a-t-il pas pour lui *la raison et la volonté des dieux?* Il paraît tout aussi peu occupé de lui-même que des malheurs et de la colère de Philoctète. Il reste étranger à toute passion comme à tout intérêt individuel. Il n'a pas même l'air d'être bien sensible au sentiment de l'honneur, et l'injure ne l'atteint pas, ou le laisse impassible. Il résume parfaitement lui-même toute sa conduite en ces mots :

« Je suis ce que l'intérêt public m'ordonne d'être (1076). »

Quant à Philoctète, il est pénétré de l'idée de la justice et de l'humanité violée dans sa personne, et c'est là ce qui ennoblit ses malheurs et ses souffrances, motive son indignation contre les Atrides, contre Ulysse, et justifie le refus qu'il oppose aux prières de Néoptolème et aux invitations d'Ulysse. Mais ce sentiment remplit toute son âme et n'y laisse plus aucune place pour le sentiment contraire, fondé sur un principe tout aussi vrai. Il reste sourd à la voix de la Grèce entière qui lui parle par la bouche de son ennemi. Il refuse d'immoler son ressentiment à la cause générale.

Nous avons donc raison de dire que l'intérêt dramatique de cette pièce consiste dans l'opposition de deux principes contraires, vrais en eux-mêmes, mais qui poussés au-delà de leurs limites se méconnaissent, deviennent injustes et se combattent : si l'un des deux doit l'emporter, c'est celui que représente Ulysse.

Nous partageons l'opinion de ceux qui n'approuvent pas le dénouement de cette belle tragédie. Quelque imposante que soit l'intervention d'Hercule, ce n'en est pas moins une machine; la solution vient du dehors. Elle ne sort ni de l'action ni de la libre détermination des personnages. Il y a plus, la pièce renferme deux dénouemens, l'un par la volonté obstinée de Philoctète qui refuse positivement d'aller au siége de Troie; l'autre, par la volonté divine. Hercule ordonne, et le héros se soumet. Ici la volonté divine ne vient point au secours de la volonté humaine; elle la remplace. Si le demi-dieu avait fait sentir sa présence dans le cours de la pièce, il aurait eu le droit d'influer sur son dénouement, mais non pas même alors de le prendre tout entier sur lui.

Maintenant, si la conduite d'Ulysse se justifie par le but, comment excuser les moyens? Ces moyens n'en sont pas moins la ruse, le mensonge, et enfin la violence. De plus ne fait-il pas servir comme instrument à ses desseins, un jeune homme dont l'âme candide et généreuse ne peut se prêter à l'artifice et à la fraude?

Nous pourrions d'abord répondre par le caractère même d'Ulysse qui était fourni par l'épopée; mais cette raison, quand même on y ajouterait la condition qui restreint la bonté des mœurs dans la tragédie, est insuffisante. Il n'y a qu'un moyen de lever cette difficulté, c'est de montrer comment Sophocle a su ennoblir des actes réprouvés par le sens moral, et affranchir ses personnages de l'odieux qui en résulte.

Il est impossible de n'être pas frappé de la supériorité de raison que le poète donne à Ulysse. Ulysse sait d'avance, et la pièce entière justifie sa prévision, que la raison de Philoctète est aussi malade que son corps, qu'il est incapable d'écouter les conseils de la sagesse, que la violence de sa passion peut porter ses mains armées des flèches d'Hercule à de funestes excès. Dans ce cas, qui peut dire que la feinte et même le mensonge, surtout quand il s'agit d'un intérêt aussi puissant, ne sont pas permis? Le mensonge n'est véritablement immoral et odieux que quand il s'adresse à une raison capable d'entendre la vérité, et maîtresse d'elle-même. Or Ulysse traite partout Philoctète comme une intelligence malade et aveuglée par la violence du ressentiment. Il est vrai qu'Ulysse ne donne pas cette explication; quelques-unes de ses paroles peuvent même paraître choquantes :

« Néopt. Le mensonge n'est-il pas honteux (109)?

» Ulys. Non, s'il est salutaire (110).

» Néopt. De quel front oses-tu tenir ce langage (111)?

» Ulys. Dès qu'il s'agit d'une chose utile, on ne doit » pas hésiter (112). »

Mais apparemment on ne veut pas qu'Ulysse engage, au commencement de la pièce, une discussion philosophique sur le mensonge avec Néoptolème. Il prend le jeune homme par un motif dont l'effet est plus prompt et plus sûr, par son propre intérêt et l'appât de la gloire :

« Néopt. M'est-il donc utile de l'emmener?

» Ulys. Tu ne peux vaincre sans Philoctète, ni Phi- » loctète sans toi (v. 116). »

Il agit à l'égard de Néoptolème comme avec un jeune homme dont il comprend et loue la candeur, la franchise et la générosité, qui doit avoir sa vertu; mais il ne s'arrête pas à vouloir lui démontrer qu'il y a une vertu et une sagesse supérieure à la sienne. Il lui dit en deux mots : « Je sais que ton caractère ne se porte pas aisément à la » ruse. Cependant il est doux de vaincre; ose seulement, » nous reviendrons ensuite aux lois sévères de l'équité. » Livre-toi seulement sans réserve pour une partie du » jour; je te rends désormais à toute ta justice. »

En résumé, le caractère d'Ulysse dans Philoctète n'est point moralement mauvais ; il est au contraire très élevé. Il est ce qu'il doit être dans la tragédie. Il n'est pas non plus parfait, et il ne devait pas l'être, parce que la tragédie ne doit pas représenter des hommes parfaits.

EURIPIDE.

Quand on passe du théâtre d'Eschyle ou de Sophocle à celui d'Euripide, on sent qu'on vient de quitter la haute région où l'art se plaît à habiter à côté de la morale, pour descendre dans un monde voisin de celui où s'agitent les intérêts et les passions de la vie vulgaire; on est frappé de la vérité du mot d'Aristote :

« Sophocle a représenté les hommes tels qu'ils doivent » être, Euripide tels qu'ils sont. »

Cette différence est si manifeste, que les admirateurs d'Euripide les plus prévenus en sa faveur, ne pouvant la nier, ont été forcés, pour le placer au-dessus des tragiques ses prédécesseurs et ses rivaux, de se rejeter sur les qualités brillantes et supérieures de son génie; mais en ce qui touche la beauté morale, ils n'ont osé le mettre en parallèle avec l'auteur d'OEdipe et d'Antigone.

Tous les critiques s'accordent à reconnaître le pathétique comme le caractère distinctif, comme le premier et le plus beau titre de gloire d'Euripide. Ce jugement est-il sans appel? Nous ne le croyons pas.

Le véritable pathétique a sa source dans la sympathie que nous éprouvons pour *un être notre semblable*, lorsque nous le voyons souffrir volontairement pour une idée juste ou qu'il croit juste. Si c'est ainsi qu'on conçoit le pathétique, il est inséparable de la bonté des mœurs, et appartient avec la bonté morale, non à Euripide, mais à Sophocle.

Mais il est un autre moyen d'exciter la pitié, d'attendrir l'âme des spectateurs : c'est de peindre avec force et énergie les souffrances que l'homme éprouve dans les situations malheureuses où peut le jeter l'inconstance de la fortune, quel que soit d'ailleurs son caractère moral, le but qu'il se propose et le courage qu'il déploie dans l'adversité ; c'est là le genre de pathétique dans lequel a excellé Euripide ; mais il n'est pas digne de la scène, et il marque une époque de décadence dans l'art tragique.

Quant à un autre titre de supériorité que plusieurs critiques se sont plu à reconnaître dans Euripide, il ne nous paraît pas mieux mérité. On a dit qu'Euripide l'emportait sur Eschyle et Sophocle par la *pensée*. Si on entend par là l'idée que doit représenter toute tragédie pour avoir un sens, pour intéresser la raison aussi bien que pour émouvoir la sensibilité du spectateur, nous sommes si loin d'accorder en ce point la prééminence à Euripide, que c'est précisément l'absence de ce caractère dans la plupart de ses pièces qui constitue à nos yeux son infériorité.

Il ne peut pas non plus être question de la pensée qui anime chacun de ses personnages, car c'est ce qui constitue leur caractère moral ; et on avoue que sous le rapport des mœurs, Euripide ne peut pas soutenir le *parallèle*. Restent donc, non pas la *pensée*, mais les *pensées*, c'est-à-dire les réflexions philosophiques, les sentences et les maximes qui abondent en effet dans les tragédies d'Euripide; mais comme nous avons eu l'occasion de nous expliquer ailleurs sur ce sujet, lorsque nous avons considéré Euripide comme philosophe, nous n'y reviendrons pas. Nous ferons seulement observer que le plus moraliste des poètes n'est pas pour cela le plus moral; et qu'en outre, ce qui est présenté ici comme un mérite et un avantage, pourrait bien être un défaut capital.

Nous n'avons pas à nous occuper des autres qualités ni des autres défauts d'Euripide, nous devons nous renfermer dans les limites de la question que nous nous sommes proposé de résoudre. Ainsi nous examinerons si les personnages des pièces d'Euripide agissent dans un but moral, et de quelle nature sont les idées qui interviennent dans le développement de l'action tragique.

On trouvera peut-être notre jugement trop sévère : mais si la règle dont nous avons fait l'application au théâtre d'Eschyle et de Sophocle est vraie pour ces deux tragiques, elle doit l'être également, et au même titre, pour Euripide. Abaisser ici son niveau et la laisser fléchir en faveur du poète qui l'a méconnue et si souvent violée, ce serait reconnaître implicitement qu'elle est ou fausse ou exclusive, ce qui est la même chose, puisqu'alors n'embrassant pas tous les cas auxquels elle doit s'étendre, elle ne mériterait pas d'être érigée en principe.

D'ailleurs, sans parler d'Aristophane, dont la critique dépouillée des formes particulières à la comédie ne nous paraît ni injuste ni exagérée, nous pouvons nous appuyer de l'autorité d'Aristote lui-même. Si Euripide a représenté les *mœurs telles qu'elles sont*, quelle que soit la manière d'interpréter ce jugement, il est une condamnation pour le poète sur lequel il tombe, car la tragédie a pour objet, *non ce qui est, mais ce qui doit être; non le pire, mais le meilleur.*

Ce n'est même pas l'homme de tous les temps et de tous les lieux, c'est-à-dire, la nature humaine, dont Euripide a mis sur la scène les sentimens et les passions; ce sont les idées et les moeurs de son temps. Or l'époque à laquelle appartient Euripide, et dont ses tragédies sont en effet l'image très fidèle, c'est non-seulement une époque de décadence pour l'art, mais encore de dissolution pour les moeurs et pour la société grecque. C'est l'époque des sophistes. Euripide est l'élève des sophistes et sophiste lui-même; c'est, comme nous l'avons fait voir ailleurs, le sophiste sur la scène.

On sait quel était l'esprit de la doctrine des sophistes : ils détruisaient les idées nécessaires et éternelles qui servent de base à la morale, à la religion, à la politique, à la science, et sans lesquelles il n'y a pas non plus de véritable poésie.

Il n'est donc pas étonnant qu'elles soient affaiblies, obscurcies et défigurées dans les pièces du disciple des sophistes. Elles doivent y céder la place, dans les déterminations et les actions des personnages, à des principes d'un ordre inférieur, pris dans les affections et les passions de la nature sensible, et dans les caprices d'une volonté sans règle et sans mesure.

Voici les résultats généraux auxquels nous a conduits

l'étude des tragédies d'Euripide considérées sous le rapport des mœurs.

1°. Lorsqu'Euripide prête à ses personnages une intention morale, et donne comme motif principal de leurs actions un principe supérieur aux intérêts et aux passions individuelles, il n'y a pas fusion intime entre le caractère du personnage et l'idée qu'il représente. Celle-ci lui est étrangère; il s'en sert, mais elle n'est pas lui. Aussi elle n'apparaît que momentanément, et pour justifier des actions qui sans elle seraient mauvaises et odieuses. Ailleurs elle disparaît et fait place à d'autres motifs; elle reçoit même de fréquens démentis. Il résulte de là que non-seulement les mœurs ne sont pas bonnes, mais qu'elles ne sont pas égales; elles pèchent à la fois contre la première et la quatrième règle d'Aristote, τεττάρον δὲ ὁμαλόν.

2°. Parmi les pièces d'Euripide, il en est où les mœurs sont manifestement mauvaises, c'est-à-dire, que les personnages n'y ont pas même la conscience faible et incertaine de la bonté du principe qui les fait agir, mais méconnaissent ou même bravent ouvertement les lois de l'honnête et du juste. Alors, quel que soit le dénouement, il manque l'effet que l'on doit attendre de la tragédie. S'il est heureux, l'effet qu'il produit est immoral; s'il est malheureux, l'effet n'est point tragique. Car la pitié que provoque le spectacle de l'infortune méritée, n'a rien de commun avec celle que doit exciter la tragédie.

3° Enfin il est des pièces d'Euripide où les personnages principaux excitent une sympathie réelle, mais ce sont toujours des créations poétiques d'un ordre inférieur, parce que, selon nous, nous ne voyons point dans ces personnages l'idée qui doit ennoblir leur caractère et leur destinée. On peut dire dans ce cas que les mœurs ne sont ni bonnes ni mauvaises. Et qu'on ne s'autorise pas des paroles d'Aristote pour justifier Euripide. Ce n'est pas là le milieu que conseille le philosophe.

Aristote veut, il est vrai, que le personnage ne soit ni vertueux, ni méchant; mais il entend par-là qu'il doit participer de la condition humaine dont il représente l'idéal. Le reproche que l'on peut adresser ici à Euripide, c'est de n'avoir pas mis sur la scène des personnes morales; ou si l'on veut se servir ici d'une autre expression d'Aristote, on peut dire que ces sortes de pièces sont du nombre de celles où il n'y a point de mœurs, ἀηθεις.

Elles peuvent néanmoins offrir des situations terribles et pathétiques, mais elles laissent dans l'âme des émotions peu profondes, parce qu'elles n'émeuvent que la sensibilité, sans étonner ni intéresser la raison. Elles ne renferment aucun sens, et on peut les terminer, comme le fait souvent Euripide, par cette formule insignifiante : « Les » dieux font naître des événemens contraires à nos espé- » rances et se plaisent à tromper les vaines prévisions des » mortels. Ce jour vient de nous en fournir un mémo- » rable exemple. »

Pour démontrer la vérité de ces assertions, nous ne pensons pouvoir mieux faire que d'examiner les pièces d'Euripide qui, par la ressemblance du sujet et l'identité des personnages, permettent d'établir plus facilement la comparaison avec les tragédies d'Eschyle et de Sophocle.

Ces tragédies sont au nombre de trois : *Electre*, *Oreste* et les *Phéniciennes*.

Electre. Nous ne parlerions pas de l'idée malheureuse qu'a eue Euripide de dégrader la fille d'Agamemnon en la mariant à un paysan, et de placer la scène d'une tragédie dans une chaumière, si, en croyant rendre son héroïne plus intéressante par l'état d'humiliation où elle est réduite, il n'avait fortifié en proportion dans l'âme d'Electre le motif de la vengeance personnelle qui apparaît alors comme le trait saillant de son caractère, et qui domine un autre motif auquel il fallait conserver le premier rang, le désir et le devoir de venger un père. On peut se convaincre de la vérité de cette observation, en examinant quel est l'objet continuel des plaintes et des lamentations dont Electre fait retentir la scène. Sa haine et son ressentiment s'exhalent dans de longs discours, où elle déplore sa douloureuse existence. Elle rappelle tous les maux qu'elle a soufferts et qu'elle endure tous les jours; elle se complaît à faire le tableau de son indigence qu'elle oppose au luxe insultant de sa mère. Tout cela l'occupe beaucoup plus que le meurtre de son père et les outrages qu'on prodigue à sa mémoire. « Dites-lui donc (à Oreste) » en quel état vous m'avez vue, peignez-lui ces tristes » lambeaux, cette chaumière qui me tient lieu de palais; » je vais moi-même puiser l'eau nécessaire à ma subsis- » tance. Ma mère, cependant, assise sur le trône, etc. » Ces sentimens sont vrais et naturels ; mais ils remplissent l'âme d'Electre, et ne laissent presque plus de place à l'idée qu'elle doit poursuivre, et qui seule peut justifier le projet qu'elle médite.

Quant à Oreste, il annonce d'abord qu'il vient, conduit par l'oracle d'Apollon, *pour venger la mort d'un père par le sang de ses meurtriers;* il parle de punir à la fois *l'assassin de son père et celle qui lui est unie par les liens d'une indigne alliance.* Mais il a si peu de foi dans l'assistance du dieu, dans lui-même et dans la justice de sa cause, qu'il ne paraît avoir ni but ni plan arrêté. Il ne sait pas ce qu'il doit faire; il hésite dès le commencement; il compte sur les conseils et l'appui de tout le monde; il ne sait ni penser ni vouloir par lui-même. Il faut d'abord que le vieillard *qui a dirigé les pas de son enfance* lui apprenne qu'il ne doit mettre sa confiance que dans *son bras et sa fortune;* qu'il lui fournisse ensuite l'expédient au moyen duquel il pourra tuer Egisthe sans danger, et se rendre maître du palais de son père.

« Ecoute : une pensée s'offre à moi tout à coup (v. 417). » Cette pensée consiste à profiter de la bonne foi d'Egisthe et de sa généreuse hospitalité pour se faire admettre au sacrifice qu'il prépare, et le tuer au moment où il sera penché pour observer les entrailles des victimes.

Oreste suit ponctuellement le conseil du vieillard, et déploie dans l'exécution un luxe de précautions qui rend encore la trahison plus lâche et plus odieuse.

Mais c'est surtout dans la scène qui précède et prépare le meurtre de Clytemnestre, que se trahit dans l'âme d'Oreste l'absence du sentiment religieux et de tout motif moral. Avant que Clytemnestre n'apparaisse sur la scène, l'exécuteur des oracles, le vengeur d'Agamemnon, ne sait plus quel parti prendre.

« Qu'allons-nous faire? Egorgerons-nous une mère? »

Le dieu et la conscience l'abandonnent; ou plutôt sa conscience se révolte contre l'ordre du dieu.

« Phébus, tu as prononcé un oracle insensé. »

Et ici ce n'est pas, comme dans Eschyle, la nature qui à la vue du sein maternel, se soulève et lutte un instant contre une raison convaincue de la justice du parricide et des oracles qui l'ordonnent. Oreste ne dit pas : *Je ne puis tuer ma mère;* il dit, et de sang-froid : *Tu m'ordonnes de tuer ma mère, tu me commandes un crime.* Il est si persuadé de l'injustice de l'oracle, qu'il est tenté de l'attribuer à un mauvais génie plutôt qu'à Apollon.

« N'est-ce point le noir Alastor qui m'a parlé sous la
» forme d'un dieu? Je ne croirai jamais qu'un tel oracle
» soit saint. »

Enfin il cède, non pas à la persuasion, mais à un reproche de lâcheté. « Prends garde, lui dit Electre, que
» ton cœur amolli ne se livre à la lâcheté. »

ORESTE. « Entrons : j'affronte un effrayant danger.
» Je commets un crime affreux. Puisque telle est la vo-
» lonté des dieux, je me soumets. »

Il y a cependant une considération qui atténue son crime si elle ne le justifie pas : c'est la faiblesse même de son caractère. Il n'est qu'un instrument, non pas entre les mains du dieu, à l'oracle duquel il ne croit pas; mais de sa sœur qui est l'âme de la pièce. C'est elle qui dispose tout pour le meurtre; c'est elle qui tend le piége où doit tomber Clytemnestre; c'est elle qui décide son frère à égorger sa mère; c'est elle enfin qui, lorsque son bras hésite, dirige le coup mortel. Elle le dit elle-même : *C'est moi qui ai tout fait.* C'est donc aussi à elle que nous devons demander particulièrement compte de ses motifs.

Nous avons déjà fait observer que celui de ces motifs qui parait en première ligne, c'est la vengeance personnelle. Mais s'il ne laisse pas assez voir l'autre motif, à la fois le premier, le plus noble, il ne l'anéantit pas complètement ; ce motif, pourrait seul justifier le parricide. Voyons donc jusqu'à quel point ce motif est sincère et vrai, et s'il s'identifie bien réellement avec le caractère du personnage.

Il y a deux endroits où cette idée devrait se manifester dans toute sa force, et où elle est très faiblement exprimée.

Dans la scène où Electre se trouve en présence du cadavre d'Egisthe immolé par Oreste, au lieu de remercier la justice des dieux qui a enfin frappé le meurtrier de son père, celui qui avait usurpé le trône d'Agamemnon, elle ne songe qu'à lui rendre les outrages qu'elle en a reçus.

« Je vais te rendre les outrages que tu m'as faits et dont » j'aurais voulu t'accabler vivant. »

Elle traite moins Egisthe comme l'assassin de son père, que comme un époux adultère, comme un ambitieux qui a voulu, en s'alliant à une épouse d'un rang illustre, s'élever au-dessus de sa condition, comme un efféminé et un lâche dont par bienséance elle veut bien taire *les crimes à l'égard de son sexe.* Lorsque Clytemnestre entreprend de se justifier, en accusant Agamemnon d'avoir immolé sa fille, Electre défend très mal la cause de son père. Elle parait même passer condamnation sur ce point : mais « si,

» comme vous le dites, mon père, en faisant périr sa
» fille, a mérité lui-même la mort, moi, mon frère, en
» quoi vous avons-nous fait injure? »

Elle revient, comme on voit, sur les griefs qui lui sont personnels. Enfin elle insiste sur des circonstances ridicules et puériles, elle se livre à des réflexions déclamatoires sur la vertu des femmes. En un mot, elle développe à merveille une foule d'idées morales hors celle qui devrait l'inspirer, et qui devrait se retrouver dans chacune de ses paroles.

Il est donc évident qu'Electre elle-même n'a qu'un sentiment très-faible et très équivoque de la bonté de sa cause. Aussi, lorsque le meurtre est consommé et que la passion qui l'avait conseillé est satisfaite, une révolution soudaine s'accomplit dans l'âme d'Electre et de son frère. Les deux enfans d'Agamemnon se trouvent seuls avec leur conscience et leurs remords, saisis d'épouvante et d'horreur à la vue de l'épouvantable forfait qu'ils viennent de commettre.

« O terre, ô Jupiter, à qui rien de ce que font les mor-
» tels n'est caché, voyez ce sanglant et abominable sacri-
» fice. O mère infortunée, ô funeste destin! quels mons-
» tres tu as mis au jour! »

Cette scène peut paraître pathétique, mais il n'en est pas moins vrai que le caractère d'Electre se dément, et qu'ici les mœurs sont à la fois *mauvaises et inégales*. On peut néanmoins trouver ce changement naturel, et nous sommes loin de vouloir le contester, mais il n'y a que la passion qui change ainsi. Quand le poète fait agir les personnages sous l'inspiration d'une idée qui s'adresse à leur raison, et qui se confond avec leur caractère, cette idée ne les abandonne jamais. Dans les plus terribles situations, il s'engage entre elle et la nature une lutte pathétique. Alors l'homme déplore ce qu'il a fait : mais il ne flétrit pas comme impie et abominable, l'action qui l'instant d'auparavant lui paraissait belle et glorieuse; il ne devient pas un monstre à ses propres yeux, après avoir été un héros.

Que l'on compare cette scène avec celle où Eschyle représente Oreste versant des larmes sur son parricide, et néanmoins protestant hautement que cette action est juste, et qu'Apollon saura la justifier quand le moment sera venu, on verra de quel côté est le véritable pathétique. Quant à Electre, nous ne pouvons mieux nous séparer d'elle, qu'en répétant les propres paroles que lui adresse Oreste : « Ton cœur change comme le souffle des » vents légers (v. 462). »

Nous croyons cependant devoir ajouter quelques mots sur le dénouement de la pièce. Euripide ne veut pas laisser les deux héros d'une tragédie en proie aux remords et sous le poids d'un crime qu'ils ont conscience d'avoir commis. Il fait descendre sur la scène deux divinités, Castor et Pollux, qui viennent les absoudre, en leur annonçant qu'ils ne sont pas coupables, et qu'il faut rejeter sur Phébus le *sanglant attentat*. Ainsi, c'est un dieu qui sous le masque d'Electre et par le bras d'Oreste, a tout dirigé, tout conduit, tout exécuté, et sans que les personnages qui étaient en scène se soient doutés le moins du monde qu'ils agissaient sous l'influence d'un pouvoir supérieur.

« Quel a été sur moi, dit Electre, le pouvoir d'Apol-
» lon? Quels oracles avaient ordonné que je me souillasse
» du sang de ma mère? »

Il faut avouer que rien n'est plus malheureux qu'une pareille manière de faire intervenir le Destin dans la tragédie. D'abord il se montre après coup, quand tout est fini. Pendant l'action, nous avons vu partout en scène la liberté humaine, et les motifs tout humains d'après lesquels Oreste se détermine. Maintenant le drame aboutit, à quoi? à nous faire croire que tout ce qui précède n'a été qu'illusion. Mais le spectateur ne consent pas ainsi à être pris pour dupe, à ne voir que des automates là où il a cru reconnaître des personnages véritables, agissant et se déterminant par eux-mêmes. Il persiste à leur laisser la responsabilité de leurs actes, et avec elle son approbation et sa pitié, ou son indignation et son mépris. Les sentimens qu'il éprouve à leur égard ne sont nullement changés.

La tragédie d'*Oreste* est encore plus mauvaise sous le rapport des mœurs que celle d'*Electre* dont elle est la continuation.

Le sujet de cette pièce est analogue à celui des *Euménides* d'Eschyle, avec cette différence qu'il ne s'agit pas pour Oreste d'être délivré des Furies, mais du dernier supplice dont il est menacé, lui et sa sœur, pour avoir trempé leurs mains dans le sang de leur mère.

Avant de se faire absoudre par l'Aréopage, il doit subir le jugement du peuple d'Argos. Ce qui frappe sur-le-champ dès le commencement de la pièce, comme à la fin de la précédente, c'est qu'Oreste et Electre n'ont aucune confiance dans la justice de l'action qu'ils ont commise. Loin de là, ils sont convaincus que leur parricide est un exécrable forfait. Ils ne croient pas même avoir fait une chose agréable à leur père.

« Ah! si j'eusse eu mon père devant les yeux, il m'eût » conjuré, les larmes aux yeux, d'épargner le flanc qui » m'a porté, puisque son sang ne pouvait le rappeler à la » vie (v. 288). »

Ils n'ont qu'un moyen de se justifier, c'est de rejeter le crime sur Apollon, dont ils accusent l'oracle d'injustice.

Electre, v. 28. « Pourquoi faut-il que j'accuse Phé- » bus d'injustice? Ce dieu ordonne à Oreste de tuer ma » mère. Ah! dieu injuste qui prononces d'injustes ora- » cles, trépied de Thémis, d'où Apollon se fit entendre » pour ordonner le meurtre affreux d'une mère (v. 152)! » C'est Phébus qui nous perd, c'est lui (v. 191)!

Oreste. » Mais c'est d'Apollon que je dois me plaindre. » C'est lui qui m'a porté à cette action impie (v. 285). »

Ainsi Oreste et Electre n'ont pas agi par eux-mêmes. Ils n'ont été que les ministres aveugles d'une puissance injuste. Ils ont fait abnégation entière de leur volonté propre et de leur raison. Du moins on le leur a dit et ils le répètent, car au fond ils n'ont pas l'air d'y croire. Ce sont deux coupables qui emploient toutes les raisons, bonnes ou mauvaises, même les plus contradictoires, et les moyens les plus illégitimes pour défendre leur vie. Une seule chose, en effet, paraît être l'âme de leurs discours et de leur conduite, c'est l'amour de la vie et le désir de se venger avant de mourir, s'ils ne peuvent échapper au supplice qui les attend. Ainsi quand Oreste veut toucher Ménélas en sa faveur, il commence par s'accuser lui-même.

MÉNÉLAS. « Quels sont tes maux? quelle maladie te » consume?

ORESTE. » La conscience, la conscience qui me re- » proche mes forfaits. »

Lorsque Ménélas lui dit : « Est-il étrange que des » peines graves vengent des actions atroces? » il se rappelle qu'il a une excuse, et il répond : « Apollon m'or- » donnait de punir une mère homicide. »

MÉNÉLAS. « Apollon ignore-t-il les principes du juste » et de l'injuste?

ORESTE. » J'obéis aux dieux, quels que soient les dieux » (v. 395 et suiv.). »

Rien n'égale le dégoût qu'inspire la vue de ce personnage ignoble qui s'annonce lui-même comme un ministre aveugle de la volonté des dieux, *quels que soient les dieux*, et qui n'a pas même l'excuse du fanatisme.

Les raisons par lesquelles il cherche à se justifier devant Tyndare sont de misérables sophismes.

« Qu'ai-je dû faire? pèse toi-même mes raisons. Mon » père m'a engendré. Ta fille m'a mis au jour. C'est le » grain qui germe dans la terre cultivée (v. 551 et suiv.). » Sans père il n'est point de fils, et sans mère..... » *Misérable Euripide!* crièrent les femmes d'Athènes présentes au spectacle.

Dans sa manie d'accuser les autres plutôt que lui-même,

il va jusqu'à rejeter la cause du meurtre de Clytemnestre sur le père de Clytemnestre lui-même.

« C'est toi, vieillard, qui en donnant naissance à une » fille perfide, as causé ma perte, etc. (v. 585). »

Il est vrai que si Tyndare n'avait pas engendré la mère d'Oreste, celui-ci ne l'aurait pas tuée. Enfin il revient à son argument décisif, *prima et ultima ratio* de tous ses discours.

« Respecte Apollon; obéissons, quelque ordre qu'il » nous donne. C'est pour lui obéir que j'ai tué celle à » qui je dois le jour. Dites qu'Apollon est impie; c'est » lui qui a commis le crime et non pas moi (v. 595). »

Plus loin, il demande bassement la vie à Ménélas, en réclamant de lui une injustice.

« J'ose attendre de toi une injustice. Mon père ne consulta pas la justice, quand il rassembla les Grecs de» vant Troie. C'est la vie que je te demande; c'est le vœu » de la nature (v. 646). »

Cependant il reprend le sentiment de la bonté de sa cause, lorsqu'il s'agit de la plaider devant l'assemblée du peuple : « Ma cause est juste (v. 185 et suiv.). »

Alors son action devient non-seulement légitime, mais glorieuse. Aux yeux de l'homme de bien qui prend sa défense, il mérite des couronnes (v. 867 et suiv.).

Oreste finit par employer un moyen oratoire dont il attend un heureux effet, et qui cependant ne réussit pas :

« O vous, habitans de cette terre, Pélasges ou Danaïdes, c'est pour vous, autant que pour mon père, que » j'ai fait périr celle qui m'a donné le jour (v. 934). »

Le peuple d'Argos, peu touché de toutes ces raisons, condamne Oreste et sa sœur à être lapidés; et certes, si le spectateur pouvait donner son suffrage, il confirmerait cet arrêt, car il est aussi juste que celui de l'Aréopage qui absout Oreste dans les *Euménides*.

Nous ne poursuivrons pas plus loin l'analyse de cette pièce où l'on voit Oreste, Pylade et Electre, faire une tentative désespérée pour sauver leurs jours, ou pour se venger, en assassinant Hélène et en prenant pour otage Hermione qu'ils sont sur le point d'immoler sous les yeux de son père, lorsqu'Apollon descend sur la scène et empêche la catastrophe d'arriver à son terme. Hélène est enlevée au ciel et placée parmi les astres. Ménélas choisit une autre épouse que celle qui servit de prétexte aux dieux pour *décharger la terre d'une multitude infinie* (1). Oreste ira plaider sa cause devant l'Aréopage contre les Euménides. Il sortira vainqueur et épousera Hermione. Pylade reçoit en mariage la sœur d'Oreste, comme on la lui a promise. Enfin Apollon lui-même aura soin d'apaiser la ville et de justifier l'auteur du parricide commis par ses ordres. Tout le monde obéit, à commencer par Oreste qui est toujours aux ordres d'Apollon : « J'obéis à tes » ordres. »

Ménélas salue respectueusement sa femme qui brille dans le firmament, et donne sans façon sa fille à celui qui voulait l'égorger.

Si Euripide avait voulu terminer la pièce par un dé-

(1) Voyez le prologue.

nouement un peu moins merveilleux, mais assurément plus moral, il aurait dû faire lapider tous les personnages; car à l'exception de Tyndare qui demande la mort des deux parricides, il n'y en a pas un qui ne mérite le dernier supplice.

Les *Phéniciennes* nous fournissent encore un moyen naturel et facile de comparer Euripide à Eschyle et à Sophocle, sous le rapport des mœurs; car le sujet de cette tragédie est le même que celui d s *Sept chefs devant Thèbes*, et elle présente en même temps une esquisse de l'*Antigone*.

On se rappelle que dans la pièce d'Eschyle, Etéocle est non-seulement un héros, mais un roi plein de zèle et de dévouement pour le salut de l'état. Il est pénétré de la justice et de la légitimité de sa cause qu'il confond avec celle de la patrie. Dans les *Phéniciennes*, au contraire, Etéocle est un ambitieux à qui la passion de régner ôte tout sentiment de la justice, et qui, comme il le dit lui-même, n'a d'autre dieu que le trône qu'il veut garder à tout prix.

« Le trône est la divinité de mon cœur. Je monterais
» jusqu'au char du soleil, je pénétrerais dans les entrailles
» de la terre, pour obtenir ce prix glorieux. J'en jouis,
» je ne le céderai point à un autre. Je ne céderai point
» ma couronne, et si pour posséder il faut violer la jus-
» tice, la grandeur de l'objet nous élève au-dessus des
» vertus du vulgaire (v. 507 et suiv.). »

C'est le vers que citait souvent César, au rapport de Plutarque, lorsqu'il méditait l'asservissement de sa patrie.

Polynice a pour lui le droit, c'est même le sentiment de son droit qui doit faire le fonds de son caractère. Euripide n'a pas trouvé que cela fût suffisant pour rendre un héros intéressant. Il a cru devoir lui donner une autre qualité qui prêtât davantage au pathétique, l'amour de la famille et de la patrie. Sans doute ce sentiment est très naturel et très bon : mais quoiqu'il ne doive paraître ici que comme accessoire, il ne doit pas être accidentel, sans quoi il ne fait plus partie du caractère, ou celui-ci n'est plus constant, ce qui est la même chose. Or, ni l'un ni l'autre de ces deux sentimens ne se soutient dans le cours de la pièce. Polynice pénètre dans Thèbes, et traverse la ville, seul et au péril de sa vie, pour aller revoir le palais de ses pères, sa mère et ses sœurs; ce qui donne lieu à une scène touchante.

« Ma mère, je ne sais si j'ai consulté la prudence, en » m'exposant ainsi dans une terre ennemie, mais on ne » peut jamais arracher de son cœur l'amour de la patrie. » Combien ai-je versé de larmes, en voyant après tant » d'années ces palais, ces autels sacrés, ces gymnases qui » ont élevé mon enfance (v. 360). »

Plus loin Jocaste dit à son fils : « Mon fils, ton exil » t'a-t-il causé bien des peines (v. 391) ?

POLYNICE. « C'est un supplice dont la rigueur se sent » mieux qu'elle ne s'exprime.

JOCASTE. » Quel mal si affreux éprouve un fugitif? »

Vous attendez qu'il va répondre : C'est l'affreux tourment d'être séparé de sa famille, de sa mère, de ses sœurs, de ses amis; non, le pire de tous les supplices, c'est de *n'oser parler librement.*

L'idée du droit n'est pas constamment présente à son esprit; et lorsqu'elle doit apparaître comme le motif auquel l'amour de la famille et de la patrie doit être sacrifié, elle se retire et cède la place à une passion d'une nature inférieure.

« Hélas, je porte la guerre au sein de ma patrie; mais » j'atteste ici les dieux, que je prends malgré moi les » armes contre des amis, des parens, objets de toute ma » tendresse. C'est une ancienne maxime, et je ne crains » pas de la rappeler : Les richesses sont les vrais hon» neurs et la première puissance. Voilà ce que je cherche » à la tête d'une nombreuse armée (v. 435). »

Ainsi voilà pourquoi il porte la guerre au sein de sa patrie, quoiqu'il proclame ailleurs hautement son droit. Polynice ne vaut pas beaucoup mieux que son frère; au fond leur morale est la même.

Voyons maintenant si Euripide a conservé à la sœur de Polynice quelques traits du caractère admirable que lui a donné Sophocle. Nous avons déjà présenté ailleurs nos observations à ce sujet. Nous rappellerons seulement ici les conclusions de notre analyse. Euripide représente d'abord Antigone comme une jeune fille dominée par la curiosité naturelle à son sexe. A la fin de la pièce, elle montre un autre caractère, mais c'est plutôt l'orgueil que l'amour fraternel ou le sentiment du devoir, qui lui fait braver la défense de Créon. On chercherait en vain dans Euripide l'idée qui fait le fond de la pièce de Sophocle, et qui en fait aussi la grandeur et la beauté. Créon n'ose pas même prendre sur lui la responsabilité de la défense; il

la rejette sur un autre : « Ce sont les volontés d'Etéocle,
» dit-il, et non pas les miennes (v. 127). »

Il nous serait facile de citer des tragédies d'Euripide où les personnages poursuivent un but évidemment mauvais; il suffirait d'indiquer les *Bacchantes* et plusieurs autres pièces que nous avons examinées dans notre travail spécial sur Euripide, sous le point de vue religieux et moral.

Pour justifier au moins par un exemple la dernière proposition que nous avons mise en avant, nous choisirons une des tragédies les plus irréprochables sous le rapport des mœurs, et qui présente en même temps les situations les plus pathétiques, l'*Iphigénie en Tauride*.

On nous demandera pourquoi nous laissons de côté l'*Iphigénie en Aulide*. C'est que malgré les beautés que contient cette pièce, et que nous sommes loin de contester, elle est à nos yeux du nombre des tragédies d'Euripide où le caractère du personnage principal n'est pas constant, quoiqu'il ne soit pas mauvais. Nous sommes de l'avis d'Aristote qui cite *particulièrement* cette pièce comme un exemple de l'inégalité dans les mœurs théâtrales. « On
» a, dit-il, un exemple de mœurs inégales dans l'*Iphigénie*
» *en Aulide*. Iphigénie suppliante ne ressemble nulle-
» ment à l'Iphigénie de la fin de la pièce (*Poét.* chap.
» XIV) (1). »

(1) Un critique distingué prétend qu'Aristote a tort de blâmer Euripide de n'avoir pas soutenu le caractère d'Iphigénie, et de faire tout à coup une héroïne d'une fille faible et timide. « Il est, dit-il, des situations et des cir-
» constances qui autorisent ce changement de caractère. La résolution d'Iphi-
» génie doit être regardée comme une inspiration soudaine des dieux qui

Dans l'*Iphigénie en Tauride*, quoique l'action excite un vif intérêt, les personnages, dont le caractère moral n'est pas mauvais, sont néanmoins, comme nous l'avons dit, des créations poétiques d'un ordre inférieur, parce qu'ils manquent d'une idée qui donne un but noble à leur entreprise. Ils ne savent pas la raison de ce qu'ils font, ou bien ils agissent sous l'influence de motifs tout personnels.

Demandez à Oreste ce qu'il vient faire en Tauride : il répondra qu'il vient enlever la statue de Diane. Pourquoi ? parce qu'Apollon l'a ordonné. Mais n'allez pas plus loin : il n'en sait pas davantage. Il entrevoit seule-

» l'ont choisie pour victime, et qui dans ce moment l'élèvent au-dessus d'elle-» même. » (GEOFFROY, Notes sur l'Iphigénie en Aulide.)

Nous croyons devoir défendre et maintenir le jugement d'Aristote. Il nous semble d'abord qu'on dénature sa pensée en la paraphrasant. Il ne parle pas de l'héroïsme, ni, comme traduit l'abbé Batteux, de la force et du courage qui prennent la place de la faiblesse et de la timidité dans le cœur de la jeune fille. Il dit seulement qu'Iphigénie, lorsqu'elle est suppliante, ne ressemble en rien à ce qu'elle est à la fin de la pièce : Οὐδὲν γ' ἔοικεν ἡ ἱκετεύουσα τῇ ὑστέρᾳ. Or, lorsqu'elle supplie son père de lui laisser la vie, et qu'elle se plaint de sa malheureuse destinée, elle n'a pas seulement peur de mourir, mais elle trouve cette mort injuste et ce sacrifice impie ; elle regarde sa mort comme un parricide, un assassinat. Elle accuse son père, les Grecs, et Jupiter lui-même. Elle demande pourquoi l'Aulide a reçu dans son port la flotte des Grecs, etc. Puis, lorsqu'elle voit que ses larmes et celles de sa mère ne pourront la sauver, elle change tout à coup de langage, et sait se faire de la nécessité un titre de gloire. C'est alors qu'elle comprend qu'elle doit mourir pour le salut de la Grèce. Comment s'est accompli ce changement soudain ? C'est, dit-on, par l'inspiration des dieux. Il est vrai qu'elle dit : « Voici le » dessein que m'inspirent les dieux ; » mais c'est une façon de parler. Car elle ajoute aussitôt : « Daignez, ma mère, peser les motifs qui m'animent. » Ces motifs, qu'elle énumère longuement, n'ont rien qui sente l'inspiration,

ment que Minerve désire avoir cette statue à Athènes. Du reste il s'en inquiète fort peu. Il n'a suivi les conseils d'Apollon que parce qu'il y a vu le moyen d'être délivré des furies ; c'est là le véritable motif pour lequel il a entrepris ce périlleux voyage. Aussi lorsqu'il voit son but manqué et ses espérances cruellement déçues, il accuse le dieu de lui avoir tendu un piége.

« Phébus, dans quel nouveau piége m'a fait tomber » ton oracle ! »

S'il défend sa vie courageusement, c'est pour n'avoir rien à se reprocher et avoir le droit de rejeter la faute toute entière sur Apollon.

» Si l'oracle ne s'accomplissait pas, la faute retom- » berait, non sur nous, mais sur le dieu. »

Lorsqu'il voit que la résistance est inutile, il se résigne :

» On veut mon sang, je me livre. »

Iphigénie est encore moins éclairée que son frère sur le rôle qu'on lui fait jouer et sur sa destinée. Elle attribue ses malheurs au caprice du sort ou à la volonté de quelque mauvais génie ; elle fait le récit de ses aventures sans y rien comprendre. « Pélops, fils de Tantale, » vient à Pella ; il épouse Hippodamie ; son fils Atrée » devient père de Ménélas et d'Agamemnon ; fille de ce » roi, j'arrive en Aulide. Là mon père m'immole à » Diane, etc. »

Elle ne sait pas davantage pourquoi elle a été transportée en Tauride ni ce qu'elle y est venue faire. Elle s'y voit seulement soumise à une coutume barbare, que pour son honneur la déesse n'aurait pas dû *laisser instituer* et qu'*elle devrait bien abolir*.

« Transportée en Tauride, je trouve un peuple bar-
» bare où règne un barbare monarque. Chargé du soin
» des sacrifices, je dois respecter cet auguste emploi.
» En faveur de la déesse, je ne dirai rien de plus ; car,
» hélas! asservie à une coutume cruelle, le dirai-je? j'im-
» mole tout Grec que sa malheureuse fortune amène en
» ces climats. (*Prologue.*) »

Sans doute les préparatifs du sacrifice où une sœur va immoler son frère, la dispute généreuse qui s'engage entre Oreste et Pylade, la situation qui précède la reconnaissance, la manière dont se concerte et s'exécute le plan d'évasion, leur fuite et l'enlèvement de la statue, tout cela présente des scènes fort touchantes et pleines d'intérêt, mais il n'en est pas moins vrai que les caractères n'ont ni élévation ni véritable grandeur, la sensibilité seule est émue. En un mot, vous chercheriez en vain dans ce drame attendrissant les hautes conceptions de la raison qui produisent dans Eschyle et dans Sophocle un pathétique d'un tout autre genre.

Pour conclure, nous dirons qu'Eschyle et Sophocle ont été fidèles au principe d'Aristote, tel que nous l'avons entendu. Les personnages qu'ils mettent en scène excitent la terreur et la pitié, mais jamais l'horreur. Ils conservent toujours leur grandeur morale, parce qu'en violant les lois les plus saintes de la nature, ils croient encore n'obéir qu'à la voix de la justice éternelle et aux ordres des dieux. Ces crimes de la fable sont, comme le dit Schlegel, pour ainsi dire au-dessus de la juridiction humaine, et soumis uniquement au tribunal du ciel.

La tragédie, dans les mains d'Euripide, s'est éloignée de son type. Aussi n'occupe-t-il que le troisième rang. Il a atteint son but, mais un but inférieur; Eschyle nous étonne et élève notre âme; Sophocle a trouvé les heureuses proportions de la grandeur idéale. Euripide a cherché plutôt l'expression de la réalité que celle de la beauté, l'effet plutôt que la grandeur. Il attendrit, mais il énerve. C'est à lui que s'adresse le reproche de Platon, d'affaiblir les âmes par la peinture des faiblesses de l'humanité. — Il faut, comme le dit Platon, le couronner de fleurs et le bannir, car il a fait reculer l'art en lui donnant un but moins noble, moins élevé.

FIN.

Vu,

Le doyen de la Faculté,

MATHIEU.

Dijon, 30 septembre 1838.

Permis d'imprimer,

BERTHOT,

Recteur de l'Académie.

Dijon, 30 septembre 1838.

ERRATA.

Pag. 14,	ligne 6,	consociantur, *lisez* consociatur.
27,	7,	vecordi, *lisez* vecordis.
53,	23,	διους, *lisez* διος.
54,	7,	eâ de restat, *lisez* eâ de re stat.

www.ingramcontent.com/pod-product-compliance
Ingram Content Group UK Ltd.
Pitfield, Milton Keynes, MK11 3LW, UK
UKHW020409190726
13838UKWH00006B/987

9 782329 295077